KB034007

가리왕산,
자장율사를 품은 깨달음의 순례처

가리왕산,

자장율사를 품은 깨달음의 순례처

손진익 지음
한용욱 그림

북산

책머리에

'무엇을 위해 사는가?' 라는 질문을 받으면 당황하거나 크게 고민하지 않고 대답할 수 있습니다. 그러나 '무엇에 의미를 두고 사는가?' 라는 질문을 받으면 아마 한참 생각하다가 대답을 내놓을 것입니다.

얼핏 문장의 차이가 별반 다르지 않을 듯 보이지만, 사는 목적은 대부분 눈에 보이는, 가질 수 있는 현상적인 것들입니다. 살아가는 데 필요한 것들이 행복과 불행을 담보하는 현상現想이라면, 살아가는 것에 대한 의미는 그보다 훨씬 높은 차원의 생각을 요구하기 때문입니다.

정선 토박이가 다 된 나에게도 이런 질문은 여전히 어렵습니다. 시간의 축척으로 알아지고 깨달아지는 일이라면 벌써 고요의 문 앞에 서 있을 텐데, 아직도 현상에서 벗어나지 못하고 있는 것을 보면, 필자는 조금 더 할 일이 남아있거나 우매한 모양입니다.

강원도 정선의 가리왕산 자락에 둥지를 튼 지 벌써 십여 년이 흘렀습니다. 그 긴 시간 동안 필자는 병약한 아내와 가리왕산의 사계절을 보고 또 보았습니다. 자연의 변화는 참으로 경이롭고도 신비롭습니다. 새벽안개를 품고 있는 나무와 꽃들, 화려한 야생화들은 한 치의 거짓 없이 계절의 변화를 알립니다. 참으로 아름답고 숭고한 자연입니다. 그래서 필자는 강원도를, 아니 정선과 가리왕산을 사랑하지 않을 수 없습니다. 이토록 신비로운 자연을 필자만 느끼기 아쉬워서 여러 권의 책에 담아 보기도 했습니다만, 그것만으로는 성이 차지 않아 또 다른 이야기를 풀어놓습니다.

강원도에는 발길 닿는 곳마다 비경을 뽐내는 명산들이 많습니다. 기암괴석으로 이루어진 높은 산이 있는가 하면, 희귀종 나무와 야생화가 많은 산도 있습니다. 저마다 산의 모양과 색채, 기운이 달라서 어느 산이 좋고 나쁘고를 따지는 것은 의미가 없지만, 가리왕산은 다릅니다. 가리왕산은 국내 유일의 '깨달음의 산'이라 불릴 정도로 웅장함과 겸손함을 가지고 있습니다. 봉우리는 거칠고 날카롭지 않으며, 만주 벌판을 연상케 할 만큼 넓고 평평하여 어머니의 품처럼 따스합니다. 산에 오를수록 그 넉넉한 품이 감싸주어 고단한 생을 위로받습니다.

신라의 고승 자장율사가 왜 강원도의 많은 산 중에서 정선의 가리왕산을 품다 입적하였는지는 매우 흥미로운 의미가 있습니다. 사실 역사와 설화를 설명하는 일도 그리 쉬운 일은 아닙니다. 기록의 문제를 들어 역사이고 설화라고 한다면, 과학과 비과학을 증명하는 일만큼이나 난해한 일입니다. 그러니까 믿고 안 믿고의 차이는 바라보는 것에 대한 현상과 의미이지, 사실과 거짓의 차이는 아니라는 것일 것입니다.

자장율사와 가리왕산 이야기는 이처럼 필자의 상상력이 만들어낸 또 하나의 설화입니다. 많고 많은 설화와 가설 중 어느 것이 더 맞는지 묻는 것은 우문이겠지요.

자장율사는 대국통으로 신라 불교에 큰 공헌을 한 인물입니다. 그는 당나라에서 부처의 진신사리를 모셔와 5개의 적멸보궁을 세우고 그곳에 봉안하였습니다. 자장은 또 부처의 가르침을 설파하는 데 평생의 노력을 기울였으며, 신라에 화엄사상의 토대를 만든 것도 자장이었습니다.

강원도에는 특히 자장율사가 창건한 사찰이 여러 곳이고, 정암사는 자장율사가 입적한 곳이라 그 의미가 매우 크다고 할 수 있습니다.

필자는 가리왕산에 오를 적마다 자장율사가 문수보살을 친견하기 위해서 갈반지를 찾아가던 그 여정을 상상합니다.

깨달음을 얻기 위한 험난한 여정 끝에는 결국 죽음이라는 결론이 기다리고 있지만, 그 한 뼘의 진리를 넘어서고자 오대산에서 태백산, 가리왕산까지 고행을 마다하지 않은 자장율사의 행보에서 필자는 또 한 번 결과가 아닌 과정이 진리이고 깨달음이라는 걸 알게 되었습니다.

필자도 자장이 추구하고자 했던, 어쩌면 도달할 수는 없는 그 무엇에 이르거나 깨닫지 않고는 견딜 수 없는 생이라 멈추지 않고, 가리왕산과 자장에 빠져 지내고 있는지도 모릅니다. 무릇 깨달음이 어리석음의 눈을 뜨게 하는 것이라면, 필자 또한 어리석음에서 벗어나려 애쓰는 미력한 인간일 것입니다. 가리왕산의 품에 사는 것 또한 그 미력함을 증명하기 위함입니다.

아상我相은 보이는 것을 말합니다. 보이는 것들 즉, 물성과 현상에 사로잡혀 자신의 의미를 깨닫지 못하고 살아가는 현대인들이 한 번쯤은 삶의 겉모양이 아닌, 보이지 않는 것들에 대한 이해와 의미를 생각해 보았으면 하는 바람입니다.

올여름은 유난히 장마가 길고 거칠었습니다. 가리왕산 계곡물이 폭포 소리처럼 들렸습니다. 저녁 무렵 그 소릴 듣고 있으면, 가리왕산 서쪽 봉우리 어디선가 자장율사의 거친 숨소리가 들려오는 것도 같습니다. 아니, 아상에 사로잡혀 살지 말라는 부처님의 죽비 소리가 천둥처럼 들려오는 것만 같습니다.

2022년 여름 가리왕산에서

손진익

차례

1부 가리왕산과 자장율사

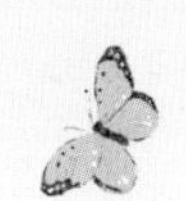

2부 깨달음의 소리, 아리랑

3부 깨달음의 사찰, 정암사

4부 설화로 읽는 정선의 문화유산

강원도의 명산 가리왕산

강원도는 한반도의 등줄기라 할 수 있는 태백산맥을 중심으로 영동과 영서로 크게 구분됩니다. 대부분이 산악지대로 이루어져 농경지 비율이 가장 낮은 도라고도 할 수 있지요. 때문에 강원도에는 이름난 명산이 아주 많습니다. 북쪽의 금강산 줄기를 타고 내려온 설악산은 남쪽의 지리산으로 이어지고, 치악산과 오대산 역시 태백산맥을 가로지르는 강원도의 대표적인 명산에 속합니다. 산들의 생김새 또한 수려하고 웅장할뿐더러 각기 다른 특징과 에너지를 가지고 있어 명산의 가치를 입증하기에 충분합니다.

명산은 당연히 고찰을 품기 마련입니다. 불교가 왕성하던 시기 큰 스님과 선승들에 의해서 창건된 사찰은 자비와 비움을 위해 정진하는 스님들의 수행처가 되었고, 시끄러운 세상과 어리석은 인간의 깨달음을 구하기 위한 기도처가 되었습니다. 강원도에 유난히 고찰이 많고 유명한 고승들과 얽힌 일화가 많은 것도 속세를 떠나 수행하기 좋은 명산들이 많아서일 것입니다.

가리왕산은 태백산맥의 중앙부를 이루고 있으며, 일천 미터가 넘는 상봉과 중봉, 하봉 등 여러 개의 산이 하나의 능선으로 이어져 있습니다. 강원도에는 금강산과 설악산 등 유명한 산들이 많지만 이중 가리왕산은 산림과 계곡 자연경관이 빼어나기로 이름난 명산입니다.

특히 부처님의 진신사리를 모시는 5대 적멸보궁 중에서 오대산 상원사, 태백산 정암사, 영월 법흥사 이 3개의 사찰이 트라이앵글처럼 삼각형을 이루며 가리왕산을 품고 있는 형국이라 지리적으로도 더 없는 명당이라고 전해집니다. 이는 강원도의 큰 보물이자 깨달음의 산이라 불릴 만합니다.

그럼 깨달음의 산, 가리왕산에 얽힌 이야기를 시작해 보겠습니다. 가리왕산의 여러 이야기 중 지금까지 가장 많이 회자되고 있으며, 우리에게 감동과 큰 깨달음을 선물하는, 설화 같기도 하고 역사 같기도 한 이야기입니다. 그리고 가리왕산이 가장 깊숙이 간직하고 있는 불교의 정신이자 깨달음의 경지를 설파한 자장율사의 수행 과정과 순례처, 그리고 자장이 창건하여 입적한 적멸보궁이 있는 사찰에 관한 이야기도 함께 시작하겠습니다.

1부

가리왕산과 자장율사

가리왕산이란 이름은 자장율사가 지었다?

가리왕산은 정선읍 회동리와 북평면 숙암리에 위치합니다. 명산으로 알려진 대로 수목이 울창하고 깊은 계곡이 많아 풍광이 아름답습니다. 북서쪽은 백석산, 서쪽은 중왕산, 동남쪽에는 중봉, 남서쪽에는 청옥산 등 일천 미터가 넘는 높은 산들이 계곡을 품고 있습니다. 계곡 사이사이를 흐르는 물은 남한강의 지류인 동강으로 흘러 오대천과 동남쪽으로 흐르다가 나전리에서 조양강으로 합류합니다. 산세는 거친 듯 보이면서도 완만하고, 정상은 평평하고 온순하며 봉우리마다 형형한 기운을 가지고 있어, 가리왕산은 최고의 명산이라 불리고 있습니다.

가리왕산이란 이름은 인도의 왕이던 '가리왕'과 석가모니불의 설화에서 유래되었습니다. 이 설화는 불교에서 깨달음을 상징합니다. 자장율사가 인도 가리왕의 이름을 따 가리왕산이라 이름 지은 것도 전생의 석가모니가 인욕을 수행하던 시절, 가리왕을 만나 깨달음을 주었던 그 장소와 너무도 흡사해서 붙이게 되었다고 합니다.

그렇다면, 인욕선인과 가리왕에 대한 설화, 가리왕의 깨달음이 말하는 것은 무엇인지, 그 배경과 장소에 대한 유래를 이야기해 봅니다.

석가모니는 남인도 바리문가에서 태어났습니다. 당시 남인도는 성질이 사납고 포악하기로 정평이 난 가리왕이 통치하고 있었습니다. 때문에 백성들은 늘 가난과 폭력에 시달리며 살아야 했습니다. 인욕선인이던 시절의 석가모니는 이러한 중생을 구하기 위해서 포교 활동을 활발히 하였습니다. 어느 날 석가모니는 성 밖의 산속에서 설법을 시작했습니다. 그 산은 가리왕이 자주 찾아 여흥을 즐길 정도로 산세가 아름답고 풍광이 빼어난 곳이었습니다. 주봉은 만주 벌판처럼 평평하고도 넓어서 많은 사람이 모여 회의를 하거나 집회를 열곤 하였습니다.

때마침 궁녀들을 거느리고 산을 찾았던 가리왕이 그 광경을 목격했습니다. 자신의 궁녀들까지 석가모니 곁으로 가서 설법을 듣는 것을 보고 가리왕은 몹시 기분이 상했습니다. 질투심을 느낀 가리왕은 석가모니에게 다가가 물었습니다.

"지금 무슨 이야기를 하는 것이냐?"

석가모니가 가리왕에게 대답했습니다.

"인욕수행에 대한 이야기를 하고 있습니다."

"그렇다면, 너부터 인욕수행을 한번 해보거라."

"해보겠습니다."

석가모니의 말이 끝나기 무섭게 가리왕은 허리춤에 차고 있던 칼을 빼서 석가모니의 귀를 베어버렸습니다. 피가 철철 흘러내렸지만, 석가모니는 눈 한 번 깜박하지 않았습니다. 이 모습에 더 화가 난 가리왕은 다시 칼을 들어 석가모니의 팔과 다리를 잘라버렸습니다.

몸뚱이만 남은 석가모니는 땅바닥으로 나뒹굴었습니다. 가리왕이 다시 물었습니다.

"그래도 참을 만하냐?"

"참을 만합니다."

순간, 맑은 하늘이 갑자기 시커멓게 변하더니 폭풍이 불었습니다. 산중의 돌들이 날아다녔고, 하늘에선 번개가 쳤습니다. 놀란 가리왕은 석가모니 앞에 납작 엎드려 참회와 용서를 빌었습니다. 이에 석가모니가 말했습니다.

"마음속에는 두려움도 분노도 없습니다. 마음속에는 슬픔과 고통, 탐욕도 없습니다. 이 모든 감정은 당신이 만들어내는 허상일 뿐입니다."

폭풍이 가라앉고 산중이 다시 평화를 찾으니, 잘려 나갔던 석가모니 몸이 본래대로 돌아왔습니다. 크게 감복한 가리왕은 큰 깨달음을 얻었습니다. 그리고, 지혜롭고 착한 마음으로 나라를 다스렸습니다.

인욕선인이던 시절의 석가모니와 가리왕에 얽힌 설화는 진리를 추구하는 스님들에게 큰 깨달음이자 가르침이었습니다. 자장율사 역시 이 설화를 깨달음의 원천으로 삼아 정진에 힘을 쏟았습니다.

자장율사는 말년에 갈반지를 찾기 위해서 오대산을 거쳐 가리왕산에 이르렀고, 석가모니와 가리왕의 설화를 들어 지금의 가리왕산이란 이름을 지었다고 합니다. 이 또한 설화일 수도 있지만, 자장율사의 크나큰 행보로 보아 충분히 가능한 이야기라고 할 수 있습니다.

역사는 시간이 쌓일수록 전설과 가설이 쌓여 더 풍성한 이야기를 만듭니다. 가리왕산에 대한 전설인 맥국 이야기는 춘천과 횡성, 평창 등 영서지방을 중심으로 넓게 퍼져 있습니다. 어떤 이야기가 사실인지는 중요하지 않습니다. 역사는 현실을 담아내기 위한 그릇이 되기도 하고, 미래의 좌표가 되기도 합니다. 필자가 가리왕산에 빠져 이야기를 발굴하기 시작한 것 역시 그러한 이유입니다.

가리왕산은 골이 깊어서
크고 작은 폭포와 계곡이 많습니다.
차가운 바위에 걸터앉아
거친 바위 아래로 흐르는 물을 보고 있으면
티끌만큼의 생각조차 사라지는 것을 느낍니다.

해동지도 : 18세기 영조 시대에 만들어진 조선의 지도책으로 가리왕산 일대가 기록되어 있다.

맥국 설화

가리왕산에 얽힌 또 다른 설화 중 하나는 그 옛날 맥국貊國의 갈왕이 전쟁을 피해 이곳까지 왔다가 가리왕산의 빼어난 풍광에 감탄한 나머지 성을 쌓고 머물렀다고 합니다.

18세기 이후에 제작된 고지도에는 당시 갈왕의 맥국 표시가 있습니다. 지금의 신북읍 발산리가 맥국의 왕궁터라고 전해집니다. 왕대산, 맥봉, 삼한골, 맥둑 같은 지명들이 아직까지 남아 있습니다. 맥국의 성지라고 알려진 용화산龍華山 산성에는 화천군 남천강에서 강돌을 날라다 쌓았다는 산성이 그대로 남아있다고 합니다. 또, 백두산 천지가 춘천으로 옮겨져 아침 못과 바리산이 되었고, 발산은 작은 백

가리왕산 : 가리왕산에는 고대 국가 맥국의 가리왕이 피신해 궁을 지었다는 전설이 내려온다.

두산이 되었다는 전설도 전해집니다. 대부분 가설로 전해지고 있지만, 이야기가 많다는 것은 그만큼 가리왕산에 대한 가치와 중요성이 크다는 뜻일 것입니다.

칠현사 : 조선 개국 이후 정선으로 숨어들어 고려왕조를 섬기며 충절을 지킨 7인의 위패를 모신 곳.

7인의 고려 충신 설화

가리왕산에 대한 이야기의 시대를 조금 더 앞당겨 보자면, 일곱 명의 고려 충신들 이야기를 빼놓을 수 없습니다. 고려 충신 72명은 이성계가 조선을 개국하려 하자, 치악산으로 피신하여 지내다가 지금의 정선군 두문동으로 스며들어 은둔하기에 이릅니다. 두문杜門은 '문을 닫아건다'는 뜻으로 두문동이라 불리게 된 지명의 유래이기도 합니다.

백두대간의 고갯길이라고 할 수 있는 두문동은 그야말로 천상의 화원이라 할 정도로 숲이 깊고 진한 곳입니다. 하지만 이성계는 두문동에 은거하고 있는 이들을 그냥 두지 않았습니다. 이들을 산에서 끌어내려고 급기야 불을 지릅니다. 72명의 고려 충신들은 대부분 불에 타 죽고 7명의 충신들만 살아남게 됩니다. 이때, 이들은 시뻘건 불길과 이성계의 무신들에게 쫓겨 가리왕산, 죽음의 오두치를 넘게 됩니다. 7현의 충신들에게 죽음의 오두치는 고행이나 다름없는 험난하고 고단한 순례나 다름없었습니다. 그들이 발가락이 잘려 나갈 정도로 넘고 또 넘었던 길은 가리왕산의 상봉, 중봉, 하봉을 거쳐 오두치에 이르는 길을 말합니다.

7현의 충신은 자장율사의 순례길이자 고행길이었던 이름 모를 계곡들과 산봉우리를 넘어 지금의 정선군 남면에 있는 두문동재로 피신해 풀과 나무껍질로 연명하며 살았다고 합니다. 고려왕조를 그리워하며 충성심을 잃지 않기 위해서 아리랑 가락을 한시로 불렀다는 이야기도 전해집니다. 남면의 낙동리 일대를 거칠현동이라 부르게 된 것 역시 가리왕산 자락이 품고 있는 이야기의 원천에서 시작되었다고 할 수 있습니다.

칠현비 : 칠현사 뒤쪽의 고려유신비에는 칠현이 지은 시가 새겨져 있다.

어지러운 시대에 태어난 신라의 승려 자장

이제 가리왕산이 왜 명산으로 알려졌으며 깨달음의 산이라고 부르게 된 것인지, 자장율사를 깨달음으로 이끄는 데 어떤 인연이 깃들어 있는지, 그의 삶과 말년 순례를 따라가 봅니다. 자장율사가 우리에게 전하려는 메시지가 무엇인지 자장의 행보가 만든 무수한 설화를 통해서 진정한 진리가 무엇인지 알아봅시다.

자장의 본명은 김선종金善宗으로, 590년 신라 진평왕 12년에 태어났습니다. 자장의 부친은 무림공茂林工이었고, 신라 제27대 선덕여왕의 친족으로 진골 출신입니다. 진골은 신라의 신분제도로 골품제도 중 두 번째 계급에 속합니다. 부모 중 어느 한쪽이 왕족인 사람을 진골이라 했는데, 자장의 부친이 이에 해당합니다.

자장이 태어날 당시는 고구려와 백제, 신라가 치열하게 맞서던 시기였습니다. 선덕여왕은 신라의 영토를 끊임없이 침공하는 백제를 침공하기 위해서 중국의 당나라에 원군을 요청하기도 했으며, 많은 유학생을 당으로 보내 당의 군사전략과 문화를 배워 신라로 가져오도록 했습니다. 훗날 당나라와 신라의 나당연합군에 의해서 백제와 고구려가 멸망하였으나, 영토 문제로 신라와 당나라는 7년 동안 전쟁을 하게 됩니다.

신라는 삼국 중 불교를 가장 늦게 받아들였지만 가장 크게 융성했습니다. 혼돈의 시기에 신라에 가장 큰 영향을 준 문화는 불교였습니다. 선덕여왕이 재위하던 당시, 백제 침략은 극에 달해 있었고, 연이은 자연재해로 신라인들의 삶은 최악의

상황이었습니다. 선덕여왕은 멸망의 위기에서 흩어진 민심을 수습하기 위해 불교를 통한 민심 안정에 힘을 썼고, 내부 결속을 다져 국난을 극복하고자 했습니다. 신라의 불교가 부흥하게 된 것도 선덕여왕이 적극적으로 수용했기 때문이었습니다. 삼국사기에 따르면, 선덕여왕은 성품이 너그럽고 총명했다고 합니다. 어쩌면 불교에서 말하는 자비와 비움이 백성을 구하고 자신을 구원한다는 이치를 벌써 깨닫고 성군이 되었는지도 모릅니다.

당시 백성들은 불교와 자연스럽게 접하게 되었고, 힘들고 어지러운 세상에서 불교는 혼돈을 일깨워줄 빛이자 구원이 되기도 했습니다. 자장율사는 이런 사회 분위기 속에서 나고 자랐습니다.

자장의 부모는 오래도록 자식을 낳지 못했습니다. 대가 끊길까 노심초사하던 부친과 모친은 어느 절을 찾아가 매일같이 기도를 드렸습니다.

자장의 부모는 이처럼 매일같이 천수천안 관세음보살상에 기도를 올렸습니다.

"부처님, 만약 자식을 낳으면 진리의 바다로 갈 수 있는 징

검다리가 되게 하겠습니다."

자장의 부모는 기도할 적마다 부처님께 약속했습니다.

부처님도 이에 감복한 것인지 자장의 모친은 어느 날, 신비로운 꿈을 꾸었습니다. 길을 걷는데, 갑자기 하늘에서 크고 반짝거리는 별 하나가 떨어져 자장의 모친 품 안으로 쏙 들어오는 것이었습니다. 모친은 놀라 자빠지면서도 품 안의 별을 놓치지 않으려 두 손으로 꼭 끌어안았습니다. 꿈을 꾼 이튿날 모친은 비로소 자신이 자장을 잉태했다는 확신을 가졌습니다.

그날은 바로 석가탄신일인 4월 8일이었습니다. 뛸 듯이 기뻐한 자장의 부모는 자장을 그야말로 애지중지 키웠습니다.

자장은 어려서부터 성품이 맑고 슬기로웠으며, 문사가 날로 풍부해지고 세속에 물들지 않았습니다. 자장의 총명함은 돌이 지나면서부터 이웃이 알아볼 정도였습니다.

자장이 보통의 아이와 다르다는 것을 알아챈 부친은 이후 시간이 날 적마다 천수천안 관세음보살상 앞으로 데려가 기도하게 했습니다. 자장은 부처님에 대한 신뢰가 깊어지면서 깊은 진리의 바다를 향해 나아가기 시작했습니다.

자장의 부모도 부처님과의 약속을 지키기 위해서 자장의 공부를 만류하지 않았습니다.

그러나 얼마 후, 자장의 부모는 큰 병에 걸려 죽고 말았습니다. 어린 나이에 부모를 잃은 자장의 슬픔은 깊었습니다. 의지할 데 없는 세상에서 자장은 세속의 번거로움에 염증을 느꼈고, 깊고 험한 산골짜기를 찾아들어 깨달음을 얻기 위한 수행을 시작했습니다. 한마디로 인생의 무상함은 진리만이 답이라고 생각한 것입니다. 자장은 마침내 속세를 떠날 결심을 했습니다.

그러나 어려서부터 총명하고 남다른 자장을 눈여겨본 조정에서 그를 불렀습니다. '태보台輔'라는 벼슬자리를 줄 테니, 나랏일을 돌보라고 했습니다. 태보는 고려 시대에 종실과 공신 및 고위 관원에게 내렸던 벼슬입니다. 주로 왕자와 부마 같은 왕의 측근들한테 내렸던 벼슬로, 품계는 정1품에 해당하였습니다. 당시는 귀족 사회로 자장 역시 문벌에 해당하여 그러한 품계를 받을 수 있었던 것입니다.

하지만 자장은 조정의 소환을 거절했습니다. 뒤이어 조정의 거듭된 요청이 있었음에도 자장은 뜻을 굽히지 않았습니다. 선덕여왕은 크게 화를 내며 자장을 참형에 처하라고까지 했습니다. 그러자 자장은 선덕여왕이 보낸 사람들 앞에서 "내 차라리 하루 계戒를 지키다가 죽을지언정 백년을 파계하고 살기를 원치 않는다."라고 말했습니다. 목숨이 일각에 달린 처지임에도 자장은 벼슬자리에 오르지 않겠다고 단번에 거절을 한 것이었습니다.

그의 완강한 거절에 선덕여왕도 결국 자장의 뜻을 꺾지 못했습니다. 벼슬에 오르기만 하면 평생 편안하게 먹고살 수도 있는데, 자장은 그런 호의호식하는 삶을 선택하지 않았습니다. 남들이 모두 부러워하는 인생을 살 수도 있었지만, 자장은 결단코 자신의 길이 아니라고 생각했습니다.

어느 인생이든 자신이 가야 할 길은 스스로 정해야 합니다. 그 길이 어떤 길이든지 자신의 의지대로 결정하고 판단해야만 후회하지 않습니다. 자장은 항상 사람들에게 이렇게 말했습니다. 어리석은 자는 부귀영화에 집착하고 현명한 자는 자신을 갈고닦는 데 열중한다고. 일찍이 이와 같은 진리를 탐구하고자 했던 자장이었으니 벼슬을 거절한 것 또한 당연하다고 할 수 있습니다.

이후 자장은 부모님으로부터 물려받은 땅뙈기를 정리하여 인근 마을에 영광사라는 절을 짓고는 바로 출가했습니다. 친인척과 주변 사람들이 자장의 출가를 극구 말렸지만, 자장은 세상살이의 욕망과 무상함이야말로 진리 탐구에 아무런 도움이 되지 않을뿐더러 점점 더 눈을 흐리게 하여 진리를 얻고자 하는 데 방해가 된다고 생각했습니다. 자장의 이러한 결심이 하도 굳건하다 보니 누구도 그의 출가를 막을 수 없었습니다.

마음의 자성에는 실체가 없습니다.
실체가 있다고 여기면 마음이 번뇌를 일으킵니다.

마음의 자성에는 실체가 없습니다.
실체가 없이 텅 비어 있다는 걸 알게 되면
마음은 머물지 않습니다.

세상의 진리를 깨닫고자 출가한 자장

영광사로 출가한 자장은 오직 부처의 진리를 깨닫고자 밤낮으로 공부에 매진했습니다. 영광사의 독경 소리는 한시도 멈추는 법이 없었고, 절 마당을 서성이는 것은 오로지 뒹구는 낙엽과 바람 소리뿐이었습니다.

자장은 바깥세상에 대한 아무런 미련이 없었습니다. 세상에 귀를 열다 보면 마음이 시끄러워지고, 마음이 혼란스러워져 정신을 집중할 수가 없기 때문입니다. 자장은 오직 삼라만상의 진리 탐구에만 집중했습니다.

봄이 오고 여름이 와도 자장은 천둥소리조차 눈 하나 깜박하지 않았습니다. 낙엽이 쌓이고 방문 앞까지 눈이 쌓여도, 자세 한번 고치지 않고 불경을 외웠습니다. 동네 사람들은 자장의 그러한 모습에 혹여 병이라도 날까 걱정했습니다. 어떤 이는 영광사 법당문을 살며시 열어보고 가기도 했습니다. 그러나 자장의 불경 소리는 언제나 독야청청 한결같았습니다.

몸은 강한 정신의 지배를 받아 배고픔도 그 어떠한 고통도 견딜 수 있는 법입니다. 자장은 몸의 고통 따위는 아랑곳하지 않았습니다. 먹고 마시고 즐기는 즐거움과 기쁨이 무위의 정신을 이길 수 없었습니다.

자장의 독경 소리가 어지러운 이들의 마음을 가볍게 했습니다. 자장의 독경 소리를 듣고 있노라면 어느새 무아의 경지로 빠져들었습니다.

하지만, 자장은 만족스럽지 못했습니다. 한시도 쉬지 않고 공부를 했지만, 진리 탐구에 대한 갈증은 가시지 않았습니다. 자장은 더욱더 마음을 조이고 나태한 마음을 가지지 않도록 극한에 가까운 수행을 하기로 했습니다.

그는 산속에 들어가 마음이 이끄는 대로 수행에 정진했습니다. 먹을 것을 구하기 힘든 깊은 산속 바위 사이에 머물면서 적막 속에서 인간의 어리석은 마음을 떨쳐내고자 했습니다.

깨달음을 얻기 위해 고골관枯骨觀을 닦기 시작했습니다. 고골관이란 백골관이라고도 하며, 시체가 썩어 없어지는 과정을 보면서 자신의 몸과 일체만물이 무상함을 깨닫는 수행법입니다. 한마디로 인생의 무상함을 바짝 마른 뼈와 같이 여기는 생각입니다. 그리고 자장은 결심했습니다.

자장은 보리수나무 아래서 진리를 깨달아 부처가 된 석가모니를 항상 마음속에 품었습니다. 괴로움과 슬픔에서 벗어나는 방법은 무엇인지 알아내고자 했습니다. 자장에게 극한의 수행은 구도자가 가야 할 당연한 길이었고, 이를 수행해야만 깨달음의 경지에 도달할 수 있다고 믿었습니다.

변하는 것들은 모두 가짜입니다.

꿈도 환영도 가짜입니다.

아침 이슬도 가짜이고 천둥과 번개도 가짜입니다.

아름다운 몸도 가짜고 흉한 몸도 가짜입니다.

진짜는 영원히 변하지 말아야 하는데,

가짜는 시간이 갈수록 변합니다.

<금강경> 중에서...

(더 깊은 수행을 위해 유학길에 오르다)

자장이 마흔을 넘겼을 즈음에는 그에 대한 소문이 세상에 자자했습니다. 자장을 만나려는 스님들의 발길도 갈수록 많아졌습니다. 그러나 자장은 명성이 높아질수록 자신의 공부가 미흡하기 짝이 없다고 생각했습니다. 어떻게 하면 부처의 세계로 들어갈 수 있는지, 그 경지에 이르기 위해서는 더 크고 깊은 공부가 필요하다고 자신의 부족함을 항상 질책했습니다. 자신이 알아야 할 것은 세상 공부가 아니라 진리 탐구였고, 그것만이 부처의 가르침이라고 여겼기에 자장은 늘 갈증을 느꼈습니다.

당시는 636년 선덕여왕이 집권하던 시기였습니다. 불교가 국교가 되면서 전국적으로 많은 사찰이 생겨났습니다. 사찰마다 공부하는 스님들이 늘어났고, 불교는 당대의 고승들을 배출하면서 크게 융성하기 시작했습니다.

자장은 더 큰 공부를 하기 위해서 638년, 제자 열 명과 함께 울산 하곡현 포구에서 배를 타고 당나라로 유학길에 올랐습니다. 하곡현은 현재 울산광역시 북구 염포동 일대를 말합니다. 처용가의 전설이 전해지고 있어 어부들이 용제를 지내기도 합니다.

불교 국가인 당나라에는 훌륭한 복덕을 가진 문수보살이 있었습니다. 인도에서 태어난 문수보살은 반야지혜般若智惠의 상징으로 알려져 있습니다. 대승불교의 경전인 화엄경에서는 문수보살과 보현보살, 협시보살을 두고 삼존불이라고 합니다. 보현보살은 실천적 구도자의 모습을 상징하고, 문수보살은 세상사 지혜의 좌표로 소임을 다한다고 합니다.

또, 문수보살은 오른손에 항상 지혜의 칼을, 왼손에는 푸른 연꽃을 들고 있다고 합니다. 때로는 위엄과 용맹을 상징하는 사자를 타기도 하며, 그 어떠한 분별심과 차별, 우열의 관념이 없어 한없이 고요하고 밝음을 상징하기도 합니다.

자장은 출가하면서부터 문수보살을 가까이서 보기를 열망해 왔습니다. 마침내 제자들과 당나라로 출발하게 된 자장은 반야의 상징인 문수보살을 만날 설렘으로 잠을 이루지 못했습니다.

문수보살은 당나라 산시성에 있는 청량산에 상주하고 있었습니다. 청량산은 중국의 오대산이라 불리는 곳으로 번성했던 당나라 불교의 성지이자 성산으로 이름을 떨치고 있었습니다. 자장이 문수보살을 만나기 위해서 청량산으로 가기를 원한 것도 그런 이유입니다. 강원도 오대산에 있는 월정사가 문수보살의 상주 도량인 것도 자장이 창건했기 때문입니다.

신라에서 당나라 산시성의 청량산까지 가는 길은 만만치 않은 여정이었습니다. 신라는 한반도의 동남쪽에 자리를 잡고 있었던 관계로 유라시아 대륙의 동서를 연결하는 세 개의 교역로와 연결되어 있습니다.

북쪽으로는 초원길이 만들어졌으며, 대륙 중앙으로는 사막 지대를 연결하는 비단길이 열려 있었습니다. 그리고 대륙 남쪽으로는 바닷길이 열려 있어 서역과의 교류 진출이 쉬웠습니다. 자장이 당나라 산시성으로 가기 위해 택한 길은 북쪽 초원길이었습니다. 당시 신라의 무덤과 서역에서 발견된 유물들을 비교해 보면 매우 유사한 구조와 형태를 띠고 있었는데, 이를 통해 교류가 활발하였음을 추측케 합니다.

채비를 갖춘 자장과 제자들이 울산의 하곡현에서 배를 타고 출발한 다음 당나라의 넓은 초원길을 따라 서역으로 향하는 모습을 상상하게 됩니다. 아마도 걷거나 말을 타고 드넓은 초원과 거친 산맥을 수없이 오르내리며 수행의 과정을 반복했을 것입니다. 오직 참 진리를 찾고자 고행을 마다하지 않고 걷고 또 걸으며 수행을 포기하지 않은 자장 일행, 수행자들의 낡고 찢긴 옷차림과 초췌한 행색이 눈에 선합니다. 몸이 고행할수록 눈빛은 더없이 밝고 형형해진다는 사실을 수행자들은 깨달았을 것입니다.

자장,
문수보살을 만나다

마침내 자장 일행은 문수보살의 상주처가 있는 당나라 청량산, 즉 오대산 운제사雲際寺에 도착했습니다. 그곳에는 제석천이 천공天工을 거느리고 내려와 만들어 놓고 갔다는, 찰흙으로 만든 문수보살 형상이 있었습니다. 자장은 환희에 찬 모습으로 문수보살상 앞에 기도를 올렸습니다. 오랜 세월 꿈에서조차 동경하던 문수보살상 앞에 서니 감개무량하기만 했습니다. 자장과 그의 제자들은 하나같이 세상을 구원하고 세상을 위한 진리를 탐구하겠다고 묵언의 다짐을 했습니다.

이처럼 자장이 청량산 문수보살상을 찾았다는 소문은 금세 당나라 왕인 태종의 귀에도 들어갔습니다. 자장의 유명세가 이미 당나라에 널리 퍼져 있던 터라, 당 태종은 자장 일행을 크게 환대하였습니다. 공부가 깊은 자장이 당나라에서 큰 영향을 주기를 바랐던 것입니다. 때문에 당 태종은 자장 일행을 특별 대우하여 장안의 승광별원에 머무르도록 하였습니다.

자장율사는 태종의 환대를 받아들여 승광별원에 머물면서 당나라와 신라의 외교에 결정적인 역할을 하였으며, 중국 불교에 관한 공부에도 매진했습니다. 또한 당나라의 불교 성지에 대해 알기 위해, 장안의 남쪽에 있는 종남산終南山, 운제사 동쪽 산록으로 들어가 3년 동안 수도하며 그곳에 거주하고 있던 도선율사와 교류하기도 했습니다.

자장은 기도와 수행을 게을리 하지 않았습니다. 문수보살상을 향해 밤낮으로 10일 동안 기도하며 정진하기도 했습니다. 꿈속에서 자장은 마침내 문수보살을 친견하는 가피를 입었습니다.

자장의 꿈에 나타난 문수보살은 범어로 된 게송을 들려주었습니다. 그러나 자장은 범어로 된 게의 뜻을 다 이해할 수 없었습니다. 때마침 신비한 승려가 자장 앞에 나타나게 되었고, 그 승려는 게의 뜻을 풀어주며 이렇게 말했습니다.

"이 세상 만물의 바탕은 본디 아무것도 없는 것임을 알라. 이처럼 진리의 본성을 이해한다면 곧 밝고 밝은 진리의 몸체를 보게 되리라. 그리고, 그대의 나라 동북방 쪽에 있는 오대산에 문수보살이 항상 머물고 있으니 돌아가 친견하도록 하여라."

자장은 신비한 승려로부터 부처님의 가사袈裟와 발우鉢盂, 그리고 불두골佛頭骨 한 조각과 함께, 사구게四句偈도 받았습니다. 즉, 부처가 입던 옷은 금란가사라 표현하고, 밥그릇은 발우라고 칭합니다. 부처의 머리뼈와 신체 조각은 진신사리라 칭하여 그 존엄을 상징합니다. 또 사구게는 교리의 핵심을 한시 형태로 만든 경전으로 어느 경지에 이른 스님만이 받을 수 있는 최고의 예우라고 할 수 있습니다.

그 승려는 마지막으로 자장에게 말했습니다.

"너희 나라에 신령한 독수리가 깃든 산 아래 독룡이 사는 연못이 있다. 그곳에 금강계단을 쌓아 이들을 봉안하라. 부처님의 진리가 오래 머물면 하늘의 용이 그곳을 보호할 것이다."

자장은 감복하여 엎드렸습니다. 신라 불교가 번창하고 창성할 수 있는 최고의 가르침을 받았던 것입니다. 자장은 꿈인 양 가슴이 벅차올랐습니다. 부처님의 계시를 받다니, 도무지 믿기지 않는 일이었습니다. 자장은 지금까지 자신이 해온 공부와 수행의 결실인 것만 같아서 한동안 기쁨을 감추지 못했습니다.

자장은 그토록 그리던 문수보살을 꿈에서 잠깐 본 것이 못내 아쉬웠습니다. 하여 자장은 문수보살의 유적을 찾기 위해 연못인 태화지로 가 마지막으로 제를 올렸습니다. 그러자 태화지의 용이 나타나 말하기를 "당신에게 게를 전해주던 신비로운 승려가 진짜 문수보살이니, 신라로 돌아가거든 절을 짓고 탑을 쌓아라."라고 하는 것이었습니다.

자장은 모든 것이 꿈만 같았지만, 부처님의 금란가사와 사리, 게를 보니 이 모든 것들이 꿈이 아니라 현실이었습니다. 그동안 문수보살상 앞에 기도하며 정진한 보람이 있었던 것입니다. 자장은 마침내 모든 것을 이룬 듯 기뻤습니다. 신라로 돌아가 부처님의 공덕을 전하기만 하면 되었습니다. 부처의 가피를 입었지만, 결코 자신의 것이 아니라 중생을 위한 것이었습니다. 자장은 어렵고 힘든 중생을 구원하는데 한 치의 사사로움이 없었고, 더는 미련 없이 신라로 돌아가기를 꿈꿨습니다. 한시라도 빨리 신라로 돌아가 난세의 신라를 통일하고 어지러운 중생을 위해 힘이 되리라 다짐했습니다.

현재를 사는 것만큼 좋은 일은 없습니다.
고요한 이 순간을 살아야 합니다.
온 마음을 다하여 지금 하고 싶은 것을 해야 합니다.
불완전한 세상과 공존하는 법을 배우는 것이
나를 위한 일입니다.

<반야심경> 중에서...

당나라에서 돌아온 자장, 대국통이 되다

643년, 신라의 선덕여왕은 당 태종에게 서신을 보내 당나라에 머무는 자장을 신라로 보내달라고 요청했습니다. 신라는 백제와 고구려의 연합공세에 위기감이 고조되고 있었습니다. 자장이 한시라도 빨리 돌아와 어지럽고 힘든 신라를 위해 힘을 써주길 바랐습니다.

선덕여왕은 신라의 위기를 극복하고자 미륵불국토를 만들

어 백성들을 통합하고 나라를 평화롭게 하려는 통치계획을 가지고 있었습니다. 끊임없는 영토 싸움에서 신라의 정신이 절실했던 만큼, 자장율사가 당나라에서 교단적 차원의 공식 인정을 받아오기를 기다렸던 것입니다.

당시 신라는 백제와 고구려의 연합 침공에 대항하기 위해서 당나라에 군사 원조를 요청한 상태였습니다. 따라서 선덕여왕의 위기감도 최고조에 달해 있었고, 백성들 역시 전쟁의 두려움에 사로잡혀 있었습니다. 선덕여왕이 믿고 의지할 것은 오로지 자장율사가 돌아와 위험에 처한 신라를 구하는 것이었습니다. 신라의 정치 상황을 누구보다 잘 알고 있던 당 태종은 선덕여왕의 요청을 받아들여 자장율사를 신라로 돌아가라 했습니다.

당 태종은 신라로 돌아가는 자장을 불러 비단 500필과 비단 가사 한 벌, 말 200필 등 많은 예물을 하사했습니다. 뿐만 아니라 번당幡幢과 화개花蓋 같은 불구와 불상까지 얻었습니다.

이튿날 자장은 일행들과 짐을 꾸렸고, 당나라로 올 때와 같은 여정에 나섰습니다. 서역의 넓은 초원을 걷고 걸은 다음에는 울산의 하곡현으로 가기 위해서 바다를 건너야 하는 머나먼 여정에 오른 것입니다.

자장 일행이 신라로 돌아가기 위해 배를 타고 며칠 동안 서해를 건너고 있을 때였습니다. 어느 순간 바다가 용트림을 하면서 휘황한 빛줄기가 하늘로 솟구쳤습니다. 자장이 탄 배는 고요한데, 주변의 바다는 찬란한 빛으로 붉게 물들었던 것입니다. 이윽고 깊은 바다가 열리면서 금빛을 휘감은 용왕이 나타났습니다. 그러나 자장은 침착했습니다.

혹여 부처님의 사리를 바다에 빠트릴까 봐 몸의 중심을 잡아야만 했습니다. 용왕의 목소리가 낙조처럼 서해를 물들였습니다.

"신라 황룡사의 호법용은 내 아들이다. 그러니 신라의 남쪽 강 언덕에 절을 짓고 탑을 봉안해주면 동해 용왕과 함께 하루에 세 번씩 나아가서 가르침을 듣고 부처님을 옹호하겠다."

자장은 바다의 신인 용왕의 말을 거절할 수 없었습니다. 혹여 바다 신이 노해서 해코지라도 한다면 신라가 위험해질 수도 있었습니다. 자장은 용왕의 말에 답변했습니다.

"그대의 말을 들어준다면 틀림없이 우리 신라의 안녕을 위해서 부처님을 옹호하겠느냐?"

"그렇소! 절을 짓고 탑을 봉안해준다면, 내 아들을 위해서 꼭 그 약속을 지키겠소. 이곳 동해의 용왕들과 하루에 세 번씩 부처님을 위한 경배를 하겠소."

용왕은 그 말을 남기고 순식간에 바닷속으로 사라졌습니다.

참으로 기이한 일이었습니다. 용왕의 말이 무슨 뜻인지 당장은 이해할 수 없었지만, 자장은 용왕이 남긴 말의 뜻을 깊이 새겼습니다. 허투루 들을 일이 아니라 어떤 계시처럼 느껴졌습니다. 자장은 신라로 돌아오는 내내 용왕이 한 말의 의미를 찾았습니다.

우리는 자신의 감정을
절대적인 것으로 착각하기 쉽습니다.
자신의 감정은 습관이 만들어낸 결과물일 수 있습니다.
습관이 자신의 운명을 결정짓고
이끌고 가는 것입니다.

황룡사와 통도사를 창건하다

선덕여왕 12년, 자장은 당나라에 간 지 7년 만에 다시 돌아왔습니다.

당시 자장은 신라로 돌아오면서 불교 경전인 대장경을 가져왔습니다. 누구보다 자장을 반긴 선덕여왕은 경주 분황사에 자장을 머무르게 하고 대국통으로 임명하였습니다. 가장 높은 지위를 가진 승려가 된 것입니다. 신라의 불교를 지도하고 총괄

할 수 있게 된 자장은 신라의 국운을 위해 더 많은 일을 할 수 있게 되었습니다.

자장율사는 우선 청량산에서 가져온 부처님의 사리를 모시기 위해서 용왕과의 약속대로 용법사 자리에 황룡사를 짓고 9층 목탑을 세운 뒤 2대 주지가 되었습니다. 9층 목탑은 신라를 중심으로 주변의 아홉 나라가 통일되기를 바라는 상징적인 탑으로 건립되었습니다.

9층 목탑 안에는 부처님의 사리를 보관하고 신라 불교의 융성과 삼국통일의 염원을 새겨 넣었습니다. 이것으로써 자장은 당나라 유학을 마치고 돌아오다 서해에서 만난 용왕과의 약속을 지킨 것이었습니다.

9층 목탑이 건립되고 5년 뒤, 황룡사에는 거대한 금동불상인 장육존상丈六尊像이 세워졌습니다. 장육존상은 자장과 신라인들이 아육왕의 뜻을 받들어 만든 불상이었습니다. 아육왕은 고대 인도, 서축의 왕으로 정복전쟁에 회의를 느끼다가 불교에 귀의하고, 호불 군주가 되었습니다. 그는 부처님께 공양하기 위해 커다란 불상을 만들고자 금과 쇠를 모아 불상을 만들려고 노력했지만 번번이 실패하고 말았습니다. 아육왕은 혼자 힘으로 불상을 만들 수 없다는 것을 깨닫고 편지와 함께 모든 금과, 철 그리고 삼존 불상의 모형을 배에 실어 보냈습니다. 그 편지에는 이런 글이 적혀 있었습니다.

"아육왕이 황철 5만 7천 근과 황금 3만 푼을 모아서 석가삼존상을 주조하려다가 이루지 못하고 배에 실어 바다에 띄우나니, 부디 인연 있는 국토에 가서 장육존상을 이루소서."

이 배가 바다를 떠돌아다니다가 수백 년 뒤 신라의 땅에 닿게 되었습니다. 그리고 배를 발견한 자장율사와 신라 사람들은 아육왕의 뜻을 받들어 이 재료와 모형으로 장육존상을 만든 것이었습니다.

자장율사가 세운 황룡사 앞에는 많은 신라인들이 모여들었습니다. 황룡사는 신라인들에게 불토국에 대한 자부심이자, 나라의 안녕을 기원하는 간절한 바람이었습니다. 신라인들은 황룡사 앞의 광활한 광장에 모여 우뚝 솟은 목탑과 장육존상을 바라보며, 나라 평안과 개인의 화복을 빌었습니다.

이처럼 불토국 건설에 대한 자장의 노력으로 신라 불교는 당나라의 연호를 쓰기에 이르렀고, 신라의 새로운 제도와 복식에도 많은 영향을 주었습니다. 궁중에서는 중생의 구제를 지향

하는 대승불교의 이론이라고 할 수 있는 대승론을 설파했습니다. 또한, 불교를 널리 알리기 위해서 백성들의 교화에도 힘을 썼으며, 교단의 기강을 바로잡기 위해서 시험과 계戒를 통해 승려들을 관리했습니다. 신라의 불교가 성장하면서 무분별하게 사찰이 늘고 승려들 수가 많아지면서 엄격한 계율과 통제가 필요했던 것입니다.

자장은 불교 교단을 바로 잡기 위해 매년 시험을 보게 하는가 하면 정진하지 않는 스님들에게는 자격을 박탈하는 등 엄격한 계율을 적용하였습니다. 자장은 본래 성품이 엄격하고 윤리적이라 계율에서 한 치라도 벗어나면 스스로 견디지 못하였습니다.

또한 자장은 선덕여왕의 명으로 양산 통도사에 금강계단을 세우도록 하였습니다. 646년에 창건된 통도사는 양산의 영축산에 세웠는데, 산의 모양새가 인도의 영축산과 비슷하게 생겼다고 합니다. 절 이름도 통도사라 정한 까닭은 첫째, 전국의 승려는 모두 이곳의 금강계단에서 득도해야 한다는 뜻이라고 합니다. 둘째는 만법을 통달하여 일체중생을 제도해야 한다는 뜻을 담고 있으며, 셋째는 산의 생김이 인도의 영축산과 통한다

는 뜻입니다.

통도사가 황룡사 다음으로 매우 중요한 사찰로 부각된 것은 역사상 처음으로 팔만대장경을 봉안했기 때문이고, 통도사를 창건한 자장율사가 당나라로부터 가져온 불사리와 가사가 사찰에 봉안되어 있기 때문입니다. 통도사는 창건 당시 금강계단과 법당만 존재하는 작은 사찰이었습니다. 그러나 고려 초에 사세가 확장되면서 지금의 통도사 모습을 하게 되었습니다.

모르는 사람과는 원수가 되지 않습니다.
사랑하기 때문에, 좋아하기 때문에,
너를 위하기 때문에 원망과 분노를 만들어내 원수가 됩니다.
의지하는 마음이 서로를 구속하고 기대하는 마음이
원망을 만듭니다.
내 인생의 주인은 바로 자신입니다.
자신의 마음부터 챙기십시오.

(더 큰 깨달음을 위해 강원도로 떠나다)

자장은 말년에 경주를 떠나 평창에 수다사를 짓고 머물렀습니다.

자장의 수다사 흔적은 한 학자에 의해서 평창군 진부면 폐사지에서 발견되었습니다. 그렇다면 자장율사는 왜 말년에 경주를 떠나 강원도 평창까지 오게 되었을까요?

신라의 불교는 왕권을 강화하고 중앙집권적 힘을 갖기 위한 국교였습니다. 불교를 배타하는 백성과 신하들을 위해서 불교의 태생이 본래 신라였음을 강조하는 불국토 사상의 신념을 심어주는 데 주력했던 것입니다. 그 불국토 건립에 가장 큰 공을 세운 왕이 선덕여왕으로 자장율사는 선덕여왕의 사촌 동생이었습니다.

그러나, 아무리 불교가 국교로서 자리매김하려고 해도 반대하는 세력이 있기 마련입니다. 선덕여왕의 불국토 사상에 반발하는 귀족들이 늘어나면서 여왕 폐위론까지 솔솔 거론되었습니다. 게다가 당나라 태종까지 반대 세력과 가세해 거들면서 선덕여왕의 집권은 최대 위기를 맞이했습니다. 반란 세력의 주동자는 화백회의 수장인 상대등이라 만만치 않은 세력이었습니다. 그들의 주장은 선덕여왕은 '여왕'이라 더는 나라를 제대로 다스릴 수 없다고 주장했습니다.

선덕여왕의 숭불정책은 위기를 맞이했습니다. 선덕여왕과 함께 신라에 불국토 사상을 뿌리내리려 노력했던 자장 역시 반대 세력과의 마찰을 피할 수 없었습니다. 당나라에서 돌아와 전국에 많은 사찰을 지어 신라의 안녕을 기원했건만 모든 것이 허사로 돌아간 것만 같았습니다.

자장율사는 조용히 선덕여왕을 찾아가 경주를 떠나겠다고 말했습니다. 불국토 사상에 반대하는 세력이 점점 강성해지는 마당이라 선덕여왕은 총애하는 자장율사를 붙잡을 수 없었습니다.

자장은 선덕여왕께 아뢰었습니다.

"제 기도와 공부가 부족한 것 같습니다. 소승이 강원도로 떠나 더 큰 깨달음을 위해 정진하며 수양하겠습니다."

쇠약해진 선덕여왕은 떠나는 자장율사에게 말했습니다.

"자장율사가 신라를 위해 노력한 것을 어찌 모르겠소. 자장의 뜻을 이해하오. 부디 자장의 뜻대로 더 큰 깨달음을 얻길 바랄 뿐이오."

선덕여왕은 자장율사를 곁에 두고 싶었지만, 차마 붙잡을 수 없었습니다. 자장율사만이 혼란에 빠진 신라를 구원할 수 있다고 믿었습니다. 자장이 건재해야만 쇠약해진 자신 대신에 신라와 신라의 백성들 그리고 신라의 불교를 지킬 수 있다고 생각했습니다.

자장율사는 자신의 공부와 덕이 부족해서 신라와 선덕여왕에게 위기가 닥쳤다는 생각이 들었습니다. 그래서 그는 대국통이라는 최고의 자리에서 모든 것을 내려놓고, '초심'으로 돌아가기로 했습니다. 젊은 시절 명예와 지위도 마다하고 깨달음을 얻고자 깊은 산속으로 들어가 수행했던 그때처럼. 그래서 떠올린 곳이 강원도였습니다.

세상의 번뇌조차 닿을 수 없는 첩첩산중의 높은 산봉우리와 맑은 바람이 세속 인연들을 끊어내고, 자장의 마음을 깨끗하게 씻어 줄 것 같았습니다. 또한 강원도는 문수보살과의 인연이 깃든 곳이기도 했습니다. 자장율사는 간절한 마음으로 강원도로 향했습니다.

자장율사가 강원도로 떠난 후 반란은 김춘추에 의해서 진압되었지만, 선덕여왕은 그사이 죽고 말았습니다. 그 소식을 들은 자장율사는 속세의 번뇌가 더 깊어졌습니다.

남을 도우면 몇 배의 큰 행복이 돌아옵니다.
도움을 받는 것이 아니라
남을 도와야만 진짜 행복을 느끼기 때문입니다.

깨달음의 경지, 적멸보궁 정암사를 세우다

자장은 강원도 평창으로 향했습니다. 강원도는 오래전 자장율사가 당나라 유학을 마치고 돌아와 잠시 머물렀던 곳입니다. 자장율사는 당시 강원도 오대산이 당나라 청량산과 비슷하게 생긴 것에 큰 의미를 두어 같은 이름의 오대산이라 불렀으며, 월정사를 짓고 당나라에서 가져온 적멸보궁을 봉안하였습니다. 자장이 오대산을 다시 찾은 것도 그러한 인연이 이끌었기 때문입니다.

당시 자장율사는 오대산 깊은 계곡으로 들어가 초가를 짓고 머물렀습니다. 그곳에서 지극정성으로 기도하다 보면 당나라 청량산에서 친견했던 문수보살을 다시 볼 수 있을 거라는 기대 때문이었습니다. 그러나 자장이 머무는 3일 동안 오대산의 날씨는 참으로 기이했습니다. 세찬 비바람이 불며 계곡물이 넘쳐났습니다. 동해에서 불어오는 거친 비바람은 오대산을 집어삼킬 것만 같았습니다. 자장은 오대산이 자신을 거부하는 것은 아닌가 싶었습니다. 그렇지 않고서는 온화하던 날씨가 왜 갑작스레 사납게 변했는지 알 수가 없었습니다. 비바람이 그치길 기다렸지만, 날씨는 갈수록 험악해지기만 했습니다. 자장은 오대산에서 문수보살의 전신을 보지 못하고 길을 떠나야 했습니다.

자장율사의 정처 없는 발길을 붙든 곳은 지금의 평창군 진부면이었습니다. 진부는 오대산과 정선의 가리왕산 중간쯤에 있습니다. 진부의 한 골짜기 중턱에 오른 자장은 그곳에 작은 사찰을 짓고는 수다사라 이름 지었습니다. 한때는 대국통이었던 자장의 초라한 말년을 두고 사람들은 수군거렸지만 자장의 정신은 그 어느 때보다 맑고 또렷했습니다. 오랜 수행과 정진의 마음이 자장을 더욱 빛나도록 했습니다.

자장은 수다사에서 문수보살을 만나길 기다렸습니다. 수다사가 평창이 아닌 강릉이라는 설화도 있지만, 말년의 자장율사 행보를 보면 오대산과 가까운 평창에 수다사가 있었다는 설화가 훨씬 설득력이 있어 보입니다.

자장율사는 수다사를 세우고 신라의 기원과 부처의 진리 탐구에 매진했습니다. 그러던 어느 날 자장율사의 꿈에 문수보살이 나타났습니다.

"내일 대송정大松亭에서 보리라."

꿈에서 깬 자장율사는 선명하고도 기이한 그 꿈을 잊을 수가 없었습니다. 자장율사는 아침에 날이 밝자마자 바로 짐을 꾸려 대송정으로 향했습니다.

문수보살은 대송정에 도착해 기다리던 자장율사의 꿈에 또다시 나타나 말했습니다.

"칡넝쿨이 얽혀 있는 갈반지로 가면 나를 다시 만날 수 있을 것이다."

놀란 자장율사는 문수보살을 향해 손을 내밀었습니다. 그러나 문수보살은 자장의 손이 닿기도 전에 연기처럼 사라져 버렸습니다. 정신이 번쩍 든 자장율사는 그 길로 갈반지를 찾으러 나섰습니다.

자장율사는 다시 오대산으로 가 가장 높은 산마루에 올랐습니다. 멀리 크고 높은 산들이 한눈에 들어왔습니다. 하지만 문수보살이 말한 갈반지가 있는 곳이 어느 곳인지는 알 길이 없었습니다. 자장은 종일 산마루에 서서 눈앞에 펼쳐진 산들을 지켜보았습니다.

그러던 어느 순간 자장의 눈에 세 개의 꼭짓점을 가진 산봉우리가 한눈에 들어왔습니다. 세 개의 봉우리가 삼각형을 이루고 있는 곳이었습니다. 자장은 손가락으로 세 개의 꼭짓점을 가리켰습니다. 자장이 서 있는 곳에서 정확히 영월의 사자산과 정선의 태백산이 오대산 봉우리와 삼각형을 이루고 있었습니다.

자장은 순간 무릎을 탁! 쳤습니다. 가리왕산을 중심으로 세 개의 산과 봉우리가 북극성을 심어 놓은 듯했습니다. 자장은 기뻤습니다. 어쩌면 갈반지를 쉽게 찾을 수도 있다는 생각이 들었습니다.

서둘러 다시 짐을 꾸린 자장은 험준한 산길을 걷고 또 걸었습니다. 깊은 골짜기를 건너다 급류에 떠내려갈 뻔하기도 했고, 산짐승한테 잡아먹힐 뻔하기도 했습니다. 하지만 정신은 갈수록 또렷해졌습니다. 이 또한 부처가 되기 위한 수행이고 고행이라 기꺼이 감내했습니다.

평창 오대산을 출발해 정선군 북평면의 백석봉에 이른 자장은 잠시 머물 곳을 찾았습니다. 산골의 밤은 칠흑같이 어두워 한 치 앞이 보이지 않았습니다. 고단한 몸을 의지할 곳을 찾던 자장은 백석봉 자락의 용소골이라는 곳으로 찾아들었습니다.

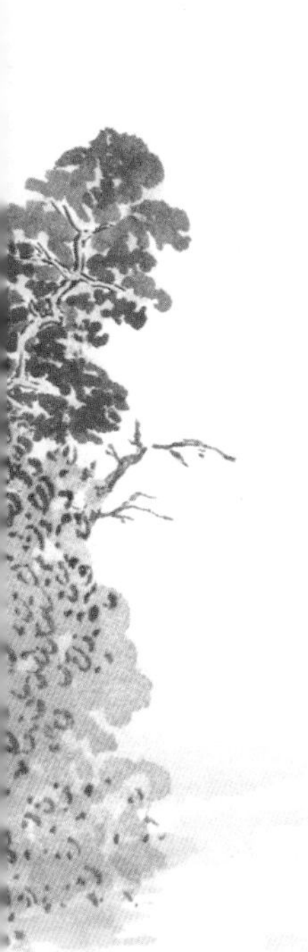

그곳에는 조그만 암자가 있었습니다. 백색의 웅봉이 검게 변하면 하늘이 시커멓게 변하면서 비가 내린다는 전설이 있는 곳이었습니다. 백석봉 정상에서 내려다보면 웅장한 가리왕산 자락을 타고 굽이굽이 흘러내리는 숙암 계곡의 안개가 극락을 연상케 했습니다.

괴로운 마음으로 발걸음을 태백산으로 향했습니다. 자장은 태백산을 사흘이나 헤매고 다녔습니다. 자장의 몸과 마음은 지쳤습니다. 오랜 시간 산길을 헤매느라 발가락마다 피가 흘렀고 끼니를 챙기지 못한 몸은 피골이 상접할 지경이었습니다.

마침내 자장은 숲을 이루고 있는 칡넝쿨을 찾았습니다. 세 갈래의 칡넝쿨 위에는 십여 마리의 구렁이가 똬리를 틀고 뒤엉켜 있었습니다. 이를 본 자장율사의 시자侍者가 소리쳤습니다.

"율사님, 이곳이 바로 갈반지 같습니다!"

"맞다! 이곳이 갈반지다."

자장은 그 자리에서 화엄경을 독송하였습니다. 그러자 뒤엉켜 있던 구렁이들이 슬금슬금 사라져버렸습니다.

자장율사가 찾아낸 갈반지는 숲과 골짜기가 해를 가리는 태백산의 깊은 산속이었습니다. 이제 갈반지를 찾았으니 문수보살을 친견할 수 있는 절을 짓고 수행에 매진하면 되었습니다.

자장율사는 선덕여왕 14년(645년), 태백산 갈반지에 석남원을 세우고, 당나라에서 가져온 부처님 진신사리를 봉안했습니다. 석남원은 지금의 정암사淨巖寺입니다. 그는 매일같이 문수보살이 나타나기를 기다렸습니다. 문수보살을 만나 마지막 깨달음을 얻기만 하면 그동안의 고행이 사라질 것만 같았습니다. 부처가 되기 위한 마지막 관문일 수도 있는 문수보살 친견을 포기할 수 없었던 자장은, 한시도 쉬지 않고 독경과 참선에 매달렸습니다. 밤과 낮이 바뀌고 계절이 변하는 것도 잊었습니다. 자장의 기도 소리만 태백산 능선을 따라 굽이굽이 흘러갈 뿐이었습니다.

세상 모든 일에는 균형이 있습니다.
좋은 일이 있으면 나쁜 일이 있고,
나쁜 일이 지나가면 좋은 일이 생기기 마련입니다.

아상에 사로잡혀 문수보살을 만나지 못하다

문수보살과 자장율사의 설화 중 가리왕산과 관련이 깊은 이야기입니다.

자장율사가 정암사에서 문수보살을 기다리던 어느 날, 남루한 옷차림에 가사를 걸친 늙은 거사 한 분이 죽은 개를 삼태기에 메고 와서는 자장을 찾았습니다. 깊고 깊은 석남원(정암사)까지 죽은 개를 메고 온 사람이라면 필시 허기진 배를 채우려고 온 동냥아치일 게 뻔했습니다. 행색 또한 초라해서 거지가 틀림없었습니다. 시자는 자장율사의 이름을 함부로 부르는 거지가 몹시 마땅치 않았습니다.

"자장을 보러 왔으니 어서 나오라고 하거라."

"이런 거지를 봤나! 어디서 우리 율사님 이름을 함부로 부르는 것이냐!"

거지꼴을 한 늙은 거사도 물러서지 않았습니다.

"어서 자장을 부르거라. 나와 보면 내가 누구인지 알게 될 것이다."

시자는 할 수 없이 자장에게 쪼르르 달려갔습니다.

"율사님, 거지처럼 보이는 노인이 와서 뵙자고 청하는데요?"

오매불망 문수보살을 기다리던 자장율사는 시자의 말이 몹시 거슬렸습니다. 문수보살이라면 당장 맨발로 뛰어나가 친견할 것이지만, 웬 늙은 거사가 감히 자신을 만나겠다고 하니 기분이 상했습니다. 자장은 시자에게 말했습니다.

"시자야, 나는 수행 중이니 알아서 돌려보내거라."

시자는 다시 죽은 개를 메고 온 늙은 거사에게 말했습니다.

"우리 율사님은 지금 수행 중이라 만나기 어렵소."

시자의 말을 들은 그가 여전히 돌아서지 않고 호통을 쳤습니다.

"어찌 찾아온 객승을 돌려보내려 하는 것이냐! 자장한테 전하거라."

시자는 하늘같이 떠받드는 스승의 이름을 함부로 불러대는 객승의 무례가 불쾌하여 다시 한번 큰 소리로 말했습니다.

"이보시오! 우리 율사님은 아무나 만날 수 있는 분이 아닙니다. 그러니 어서 돌아가시오!"

그러자 늙은 거사는 혀를 끌끌 차며 말했습니다.

"아상我相이 있어 자신이 남보다 우월하다고 생각하는구나. 저토록 남을 업신여기는 교만한 자가 어찌 성현을 알아볼 수 있으리오."

그만 발길을 돌릴 양, 늙은 거사가 삼태기를 뒤집자, 죽은 강아지가 푸른 사자로 변하는 것이었습니다. 늙은 거사가 사자 위에 올라타자, 사자는 순식간에 하늘로 날아갔습니다. 용맹한 사자가 마치 우아한 학처럼 날아서 창공을 가르며 날아가자, 지켜보던 시자는 그만 놀라서 뒤로 나자빠지고 말았습니다.

시자가 정신을 차리고 자장율사에게 이 사실을 말했습니다. 그러자 자장율사는 벌떡 일어나 석남원 문을 박차고 달려 나왔습니다. 하지만, 방금까지 자장을 찾던 늙은 거사는 가뭇없이 사라졌고, 석남원 마당에는 푸른 잡초만 해맑았습니다.

아뿔싸! 자장율사는 안타까움에 탄식하였습니다. 꿈에 나타난 문수보살을 알아보지 못한 자신이 원망스럽고 부끄러웠습니다.

석남원까지 찾아온 문수보살을 알아보지 못했으니, 자장율사는 힘없이 무너져 내렸습니다. 아상에 사로잡혀 문수보살을 몰라본 자신이야말로 어리석고 또 어리석은 중생보다 못하다고 자책했습니다.

자장율사는 시자에게 일렀습니다.

"내 어리석음으로 문수보살을 알아보지 못했으니, 아상에서 벗어나야겠다."

"율사님, 그것이 무슨 말씀이십니까?"

자장은 그토록 기다리던 문수보살을 알아보지 못한 자신의 눈을 찌르고만 싶었습니다. 눈앞에서 사라진 문수보살을 어떻게든 붙들어야 했습니다. 그래야만 부처가 될 수 있고, 그래야만 마지막 소원을 이룰 수 있었습니다. 자장은 결심했습니다.

시자가 말렸지만, 자장율사는 문수보살이 사자를 타고 사라진 방향으로 내달았습니다.

태백산 능선으로 사라진 푸른 사자를 쫓아가야 문수보살을 만날 수 있기 때문입니다. 자장은 두 손을 허공으로 휘저으며 나는 듯 뛰듯 달렸습니다. 거친 나뭇가지에 찔리고 바위에서 굴러 떨어져도 포기하지 않았습니다. 자장의 몸은 만신창이가 되었습니다. 자장은 큰 소리로 문수보살을 불렀습니다.

"문수보살이시여! 제 어리석음을 용서하소서! 아상에 사로잡힌 제 눈을 파내고라도 깨달음을 얻고 싶습니다. 문수보살이시여! 제 소원을 들어주소서."

그러나 아무리 빨리 달려도 하늘을 향해 날아가는 푸른 사자를 잡을 수는 없었습니다. 아무리 목청이 터져라 불러도 자장의 목소리는 문수보살에게 가 닿지 않았습니다.

"헛되고 헛되도다."

자장은 지쳐 그 자리에 주저앉고 말았습니다. 모든 것이 허사였습니다. 오랜 시간 부처가 되기 위해 정진했던 공이 일장춘몽만 같았습니다. 자장율사는 아상을 버리지 못한 자신의 어리석음이 부끄러워서 어깨를 늘어뜨린 채 한참 동안이나 일어날 줄을 몰랐습니다.

자장율사와 문수보살에 관한 이야기는 불교의 상징과도 같습니다. 자장율사는 입적하기 전까지 문수보살을 그리워하다가 끝내 집착과 아상으로부터 벗어나지 못한 자신을 발견하고는 스스로 생을 마감하였습니다. 부처는 결국 자신의 마음속에 있음을 깨달았지만, '아상'이라는 어리석음에서 벗어나 구원을 얻기까지는 진리를 추구할 수 있는 밝은 눈과 귀가 있어야 함을 자장은 마지막까지 깨닫지 못했던 것 같습니다.

삼국유사에 전하는 자장율사의 말년은 몹시 쓸쓸하였다고 합니다. 문수보살을 온전히 친견하지 못한 것에 대한 여한과 자신이 추구하는 깨달음의 진리를 얻지 못했기 때문입니다. 신라의 대국통을 그만두고 오로지 중생과 신라의 국운을 위해 기도하던 자장의 말년과 마지막에 대한 설화 역시 소유가 아닌

무욕의 상태에 이르러야 자아를 깨달을 수 있다는 메시지를 전합니다.

타인의 슬픔을 들여다봅니다.
어떤 순간에도 분노하지 않습니다.
마음을 조절해 고통에서 벗어나는
지혜를 갖습니다.

자장율사,
상정봉에서 입적하다

설화의 힘은 더 많고 풍요로운 이야기를 지어낼 수 있다는 것이고, 당시 시대적 상황과 역사적 사건들 또는 기원과 유래, 사람들이 추구하던 이상향을 추측케 합니다. 이러한 설화는 한 줄의 역사와 재미있는 상상이 뒤섞여 재미있는 이야기의 씨앗이 되기도 하고, 사람들을 일깨우는 교훈이 되기도 합니다.

가리왕산과 자장율사에게 관심이 깊은 필자는 정선 사람들

사이에서 입에서 입으로 전해오는 여러 이야기를 들을 수 있었습니다. 설화라고 하기에는 아주 짧은 것들이지만 호기심과 재미를 자아내기에는 충분했습니다. 이중에는 자장율사와 가리왕산에 관한 흔적도 찾을 수 있었습니다. 그래서 이러한 짧은 이야기를 통해 자장의 마지막을 추측해보기도 하고, 애정과 상상을 덧대어 가리왕산과 자장에 관한 이야기를 지어보기도 했습니다.

그렇다면, 문수보살을 만나지 못한 자장의 이후 행보는 어떻게 되었는지, 필자의 이야기를 들려드리겠습니다.

문수보살을 끝내 친견하지 못한 자장은 계속해서 여러 산의 능선을 타고 넘으며 걷고 또 걸었습니다. 강원도의 산 이곳저곳을 걷다가 작은 산사라도 만나면 이름을 숨긴 채 부처님께 불공을 올렸지만 소용없었습니다. 자장의 몸피는 허수아비만 같았습니다.

자장은 걷는 중에도 문수보살의 말이 떠올라 자신을 한없이 자책하였습니다. '돌아가리라, 돌아가리라. 아상을 가진 자가 어찌 나를 볼 수 있겠는가'라는 말을 남기고 사라져 버린 문수보살이 어리석은 자신을 계속해서 꾸짖는 것만 같았습니다.

푸른 사자가 사라진 하늘을 우러르며 걷다보니 여러 해가 지났습니다. 자장의 발걸음은 어느덧 오대산 상원사로 향하고 있었습니다. 오대산은 문수보살과의 인연이 깃든 곳입니다. 상원사에서 불공을 올렸지만, 자장율사의 마음은 돌덩이라도 매단 듯 무겁고 답답하기만 했습니다. 그토록 오랜 세월 진리를 찾고자 공부를 했건만 모두 허사로 돌아가고 말았습니다. 당나라로 유학을 가서 열심히 공부했거늘 한순간에 물거품이 되었고, 부처의 진신사리를 가져와 여러 사찰에 적멸보궁을 세우며 신라 불교가 융성하도록 최선을 다했건만 다 부질없었다는 생각이 들었습니다. 무엇이 잘못된 것일까? 자장은 스스로에게 묻고 또 물었습니다. 인간의 욕망이 제 눈을 찌른 꼴이었습니다.

무릇 아상이란 세상에 대한 욕심과 집착과 아집이거늘, 자장은 숱한 세월 그러한 아상에서 벗어나 진리를 찾고자 애를 썼다는 것이 부끄러워 고개를 들 수가 없었습니다. 문수보살의 시험을 알아보지 못한 자신이 비참해서 가슴이 찢어지는 듯 아팠습니다. 그 무엇으로도 스스로 입힌 상처는 치료할 수 없었습니다.

오대산 상원사를 나온 자장은 방향을 잃어버린 듯 한참을 멈춰 서 있었습니다. 그러다 정암사를 떠올렸습니다. 푸른 사자를 타고 하늘로 사라져버린 문수보살의 마지막 모습이 떠올랐습니다. 부끄러움이 발길을 주저하게 만들었습니다. 하지만 그 여정은 문수보살의 마지막 가르침을 얻기 위해 꼭 필요한 순례라는 생각이 들었습니다. 자장의 마음은 발걸음을 정암사로 향하게 했습니다.

숨이 끊어질 듯한 고통을 참으며 걷기를 여러 날이 지났습니다. 자장은 방향을 알고 있는 것 같기도 하고, 모르는 것 같기도 했지만, 마음을 재촉하지 않았습니다. 그저 인연이 이끄는 곳으로 발길이 자신을 데려다 주기만을 바라며, 묵묵히 걸음을 옮길 뿐이었습니다.

'어디로 가야 할까?'

천천히 숨을 고르며 겹겹이 쌓인 능선을 바라보던 자장의 눈에 저 멀리 가리왕산이 들어왔습니다. 잔인한 가리왕과 인욕선인의 설화를 품고 있는 산이었습니다. 문수보살과의 인연이 깃든 곳이기도 했습니다. 자장은 봇짐의 어깨 끈을 고쳐 맸습니다. 그리고 처음부터 가리왕산을 목표로 삼았던 듯 빠르게

산을 탔습니다.

가리왕산의 정상은 만주 벌판처럼 평평했습니다. 다른 산봉우리는 저마다 높이를 자랑하느라 날카롭고 뾰족한데, 가리왕산 정상은 어머니의 품처럼 따뜻하고 포근했습니다. 자장은 겸손하고 겸허한 자세로 몸을 낮추고 있는 가리왕산 정상에서 또 다시 깨달았습니다. 자연도 이처럼 마음을 비우고 천년을 견디고 있거늘 나는 어찌 보잘 것 없는 것들에 미혹하여 밝은 눈을 갖지 못한 것일까.

자장의 고뇌는 깊어져만 갔습니다. 고단한 눈꺼풀 사이로 살아온 시간이 주마등처럼 지나갔습니다. 자장은 자신의 삶이 너무 멀리 왔거나 너무 늦었다고 생각했습니다. 돌아갈 수도 없고, 빨리 갈 수도 없는 것이 인생이었습니다.

자장은 잠시 흐르는 땀을 닦아내며 산을 내려가기 시작했습니다. 멀리 동해의 바람이 가리왕산 능선을 타고 자장의 고뇌를 뒤흔들었습니다. 자장의 쓸쓸한 뒷모습이 안타까웠던 늙은 적송이 이야기를 건넸습니다.

"이보시오 율사, 비바람에 깎이지 않는 것이 어디 있겠소. 깎이지 않고는 겸손할 수도 깨달을 수도 없소. 가리왕산 소나무들이 이처럼 아름답고 강인하게 서 있을 수 있는 것은 생가지가 부러지고 꺾이는 고통을 참아냈기 때문이오.”

자장은 적송의 따뜻한 위로에 가슴이 먹먹해졌습니다.

“고맙소, 좀 더 일찍 당신을 만났더라면 지금처럼 우매한 모습으로 가리왕산을 찾지는 않았을 텐데, 내 이곳을 꼭 기억하리다.”

가리왕산까지 오는 동안 자장의 몸과 마음은 몹시 쇠약해졌습니다. 자장은 몹시 휘청거렸습니다. 숨이 턱에 차 당장이라도 고꾸라질 것만 같았습니다. 깊게 패인 눈동자와 타들어 간 입술이 오랜 고행의 흔적이었습니다. 더 이상 참을 수 없었던 자장은 목을 축이려 주변을 둘러보았습니다. 그러나 샘은 쉽게 발견되지 않았습니다.

자장은 우거진 숲을 헤치며 좀 더 깊은 곳으로 들어갔습니다. 이름 모를 나무와 꽃들이 우거진 숲 풀 사이로 검은 바위가 보이더니 그 아래로 졸졸 흐르는 옹달샘이 나타났습니다. 구원의 샘물이었습니다. 그러나 자장은 샘이 자신을 구원하기 위해서 나타났다고 생각하지 않았습니다. 구원은 구원받으려는 자가 밝은 눈을 갖기 위해 끊임없이 노력하고, 순례라는 삶의 행

보 한가운데에 있을 때만 찾을 수 있기 때문입니다.

자장은 샘에 엎드려 마르고 터진 입술을 적셨습니다. 샘에 목을 축이고 나니 흐려졌던 시야가 트이는 것 같았습니다. 그러나 한 모금의 샘물로 자신을 구원할 수 있다면 더없이 평화로울 텐데, 그러기에 자장의 어리석음의 부피는 너무 커 쉽게 평화로워지지 않았습니다.

샘에 목을 축인 자장은 다시 허허로운 발길로 우거진 숲을 헤맸습니다. 딱히 어디로 가야 할지 목적지가 있는 것은 아니었습니다.

문수보살을 만나 깨달음을 얻고 부처가 되는 것이 목적이었건만, 자장은 이제 가야 할 곳을 잃어버렸습니다. 자장은 적요로 가득 찬 숲길을 가다 서다 반복했습니다.

어디선가 나비들의 날갯짓 소리가 숲의 적요를 뚫고 미세하게 들려왔습니다. 자장은 이끌리듯 나비의 날갯짓 소리를 따라갔습니다. 계곡을 따라가자 형형색색의 나비들이 봄날의 향연을 펼치고 있었습니다. 자장은 순간, 눈을 감았습니다. 꿈인 양 사실인 양 믿을 수 없는 풍경이 혼란스럽기만 했습니다.

무수한 날갯짓이 만들어내는 파동은 가리왕산 숲으로 잔잔하게 퍼져 나갔습니다. 바람결에 끊임없이 흔들리는 나뭇잎처럼 세상 모든 생명체는 춤으로 생명력을 표현합니다. 자장은 꿈을 꾸듯 자신에게 물었습니다.

"내가 나비가 된다면 어디로 갈 것인가? 나비가 나를 꿈꾼다면 나는 어떤 사람인가?"

나를 옥죄고 있는 이 진리의 지옥에서 과연 자유로울 수 있을까? 내가 나비인지 나비가 나인지 도통 알 수가 없구나."

자장은 장자가 한 말을 떠올렸습니다.

"자기 그림자가 두렵고 발자국이 싫어서 그것들로부터 떨어지려고 달린 자가 있었소. 발을 들어 올리는 횟수가 잦으면 그

만큼 발자국이 많아지고 아무리 빨리 달려도 그림자는 몸에서 떨어지지 않았소. 그래서 너무 느리게 달린다고 생각하여 더욱 빨리 쉬지 않고 달리다가 힘이 빠져 죽고 말았소. 그늘에 있으면 그림자가 없어지고 멈추어 있으면 발자국이 생기지 않는다는 점을 몰랐던 거요. 이 얼마나 어리석은 짓이오!"

장자는 사람의 그림자를 탐욕이라고 했습니다. 분별심이고 집착인 탐욕을 다스리지 못하면 어리석음에 빠지고 결국에는 그림자를 떼려 달리다가 힘이 빠져 죽는다는 뜻입니다.

자장은 나비의 날갯짓에서 아상에 쫓겨 내달린 자신의 초상을 보았습니다. 그 무엇도 잡을 수 없고 가질 수 없는 것이 생입니다. 나비의 날갯짓 같고 지나가는 바람 같은 것이 생이라는 걸, 한없이 가볍고 더없이 평화로운 나비떼가 깨닫게 해주었습니다. 자장은 잡힐 듯 잡히지 않는 나비들을 향해 손을 뻗었습니다. 한없이 가벼운 생을 한번 만져보고 싶었습니다. 노랑나비 한 마리가 자장의 손끝으로 다가와 사뿐히 내려앉았습니다. 자장은 중얼거렸습니다.

"아름다운 날갯짓이 네게는 고통이겠구나! 네 고통의 허무가 부디 빨리 끝나기를 기도하겠다. 모든 것은 일장 춘몽이란다."

자장은 이 또한 영원한 순간임을 알아채고는 나비를 향한 손을 거두었습니다. 그러고 보니 나비떼는 쨍쨍한 햇빛 속 어딘가로 사라지고 보이지 않았습니다.

자장은 어느덧 오두치를 지나 상정봉에 이르렀습니다. 첩첩의 산 아래로 삼합수가 유유히 흘렀습니다. 태백에서 시작된 골지천과 강릉에서 시작된 송천이 만나 하나의 물줄기를 이루고, 정선 북평에서 오대천을 받아들이며 조양강이 되어 흘렀습니다. 마치 아리랑의 한을 굽이굽이 풀어 놓은 듯한 물길이었습니다.

물길 너머로 기름지고 평화로운 남평뜰이 풍요로운 자태로 산과 어우러져 고고한 자연의 힘을 보여주었습니다. 잠시 숨을 가다듬고 뜰을 바라보던 자장은 숨이 턱 막혔습니다. 산 아래 펼쳐진 남평뜰이 '참을인忍'자의 형상을 하고 있었던 것입니다. 보고도 믿기지 않는 자연의 위력이었습니다. 자장은 푸르다 못해 시리게 새겨진 참을 인자의 획을 보고는 경이로움에 가슴을 쳤습니다. 글자는 마치 아상에 사로잡혀 문수보살을 알아보지 못한 자장을 위해 쓰여 있는 것만 같았습니다. 자장은 자신을 일깨우기 위해서 기다려온 참을 인자를 보며 오랜 회한을 느꼈습니다.

너무 늦었다는 생각도 들었습니다. 육체는 늙어 병이 들었고, 진리를 찾고자 형형했던 눈빛은 시간과 회한의 굴레를 벗어나기 어려운 지경이었습니다. 자장은 금방이라도 허물어져 내릴 듯한 몸뚱이를 상정봉 검은 바위에 기대고는 무념에 잠겼습니다.

능선을 타고 흘러가는 구름조차 더없이 평화로웠습니다. 자장은 힘없이 중얼거렸습니다.

"덧없는 것이 인생이라더니, 내가 무엇을 찾으려고 이토록 산길을 헤매고 있는 것일까? 내가 본 것은 무엇이고, 내가 아는 것은 무엇일까? 여전히 아상에서 벗어나지 못하고 있는 나는 더 이상 진리를 탐구할 자격도 없고 부처가 되기 위한 깨달음은 더더욱 구할 길이 없구나!"

허공을 가르는 바람 소리와 새들의 비상이 상정봉의 고요를 깨트릴 뿐이었습니다.

순간, 자장율사는 허공을 향해 가볍게 몸을 날렸습니다. 새가 비상하듯 바람이 허공을 가르듯 상정봉에서 몸을 날린 자장율사는 아상에서 벗어날 수 있었습니다. 상정봉에는 자장율사가 몸을 날려 입적하였다는 바위가 전설과도 같은 그 흔적을 간직하고 있습니다.

하나의 이야기는 믿는 사람에 의해서 설화가 되기도 합니다. 자장율사의 발자취와 흔적들이 아상에 사로잡힌 어리석은 중생들에게 바람과 비 또는 구름으로 깨달음을 전해주고 있을지도 모르는 일입니다.

자장은 상정봉에서 입적해 정암사 석혈에 안치되었습니다. 입적한 자장의 깨달음은 태백산과 오대산 사자산의 품 안에 고스란히 안치되었습니다. 자장율사에 관한 설화는 분분합니다. 그러나 입적하기까지 자장의 말년은 정암사와 가장 관련이 크다고 할 수 있습니다. 적멸보궁을 간직한 곳이기도 하지만, 자장율사의 유골이 묻힌 곳이기도 합니다. 자장율사에게 정암사는 어쩌면 깨달음의 수행처이자 구원처였던 것입니다.

정암사는 신라 시대 자장율사의 숨결과 발자취를 느낄 수 있는 곳입니다. 문수보살을 알아보지 못하고 열반에 든 자장율사의 발자취를 좇다보면 진정한 진리가 무엇인지, 그 참된 진리를 깨닫는 자아 성찰의 시간을 가질 수 있을 것입니다.

공·무상·무원(삼해탈문三解脫門)은
슬픔과 분노, 외로움과 소외의 감정이
서서히 변화할 수 있도록 도와줍니다.
잘못된 관점에서 벗어나
현재의 삶을 더 충만하게 살아갈 수 있도록 해줍니다.
죽음이나 두려움을 절망 없이 마주할 수 있도록 해줍니다.

<틱낫한_삶의 지혜> 중에서 ...

참을인(忍) 모양의 남평뜰 : 정선군에서 가장 넓은 들녘인 남평뜰은 상정봉에서 내려다보면 참을 인(忍)자 모양이다.

남평뜰

남평뜰은 정선군에서 가장 넓은 들녘입니다. 시원하게 펼쳐진 남평뜰 뒤로 멀리 첩첩산중의 풍경이 시선을 사로잡습니다.

남평뜰에는 두 개의 봉우리가 솟아있는데, 왼쪽이 오음봉, 오른쪽이 연기봉입니다. 이 두 개의 봉우리는 불교의 교리에서 따온 이름을 가지고 있습니다. '오음'은 인간의 몸과, 생각, 인격, 행동, 마음을 뜻하는 것으로 결국 나 자신을 이루는 요소이자 인간이 깨닫고 익혀나가야 할 요소를 말합니다. '연기'란 모든 사물은 그 자체로 독립되어 있는 것이 아니라, 여러 가지 조건과 관계 속에서 임시로 존재하고 있다는 불교의 우주론을 뜻합니다.

남평뜰 앞으로는 두 개의 물줄기가 흐르고 있습니다. 하나는 평창 발왕산에서 발원한 송천과 태백 대덕산에서 발원한 골지천으로, 아우라지에서 만나 하나의 물줄기가 되어 흐릅니다. 또 다른 물줄기는 오대산에서 내려오는 오대천입니다. 두 물줄기들은 남평뜰 앞을 흐르다 하나로 합쳐져 삼합수를 이루고, 온 마을을 감싸 안은 채 흘러 나갑니다.

상정봉에서 내려다본 남평뜰의 풍경은 참을인忍자의 형상을 하고 있습니다. 남평뜰의 능선과 오음봉, 연기봉은 칼날인刃자 모양을, 두 갈래 물줄기와 오음봉, 연기봉은 마음심心자 모양을 하고 있습니다. 남평뜰은 정선의 산 능선과 물줄기가 조화를 이뤄서 인간에게 인내라는 가르침을 알려주고 있는 것 같습니다.

남평뜰 벚꽃길 : 남평뜰 주변은 봄이 되면 벚꽃이 만개하여 사람들의 시선을 사로잡는다.

아상에서 깨어나기

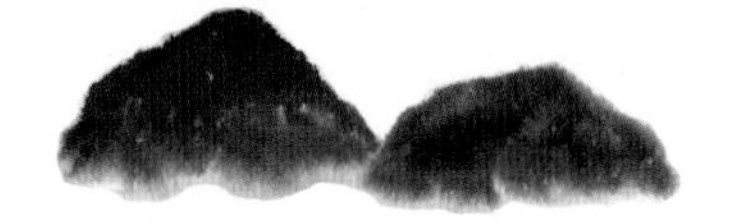

어리석은 자는 자신의 허물보다 남의 허물을 더 잘 본다고 합니다. 나와 남을 구별하여 잘난 체하고 멸시하는 어리석음이 곧 아상입니다. 자신의 문제를 세상 탓하며 분노하거나 질투하는 것 역시 어리석음이 만들어낸 아상입니다.

화엄경에서는 석가모니 부처가 보리수 아래서 깨달음을 얻고는 후회했다는 얘기가 있습니다.

보리수나무 아래서 지혜의 눈을 뜬 부처는 중생을 떠올렸습니다. 어둠 속에 있는 어리석은 중생들은 아무것도 모르는 존재인 줄 알았는데, 부처와 다를 것이 하나도 없다는 것을 깨달은 것입니다. 무릇 부처는 깨달음이야말로 어둠과 빛을 구분하는 일처럼 어리석다는 것을 알게 되었던 것입니다.

법화경에 나오는 '부자와 거지 친구' 이야기는 아상을 버리는 일이 얼마나 힘든 것인지 알게 합니다.

'한 거지가 어느 날 구걸을 나갔다가 부자 친구를 만나게 되었습니다. 어릴 적에는 두 사람 모두 사는 형편이 비슷했는데, 부자 친구는 성공한 사람이 되었고, 거지 친구는 그야말로 구걸해서 먹고사는 형편이었습니다.

부자 친구는 측은지심으로 거지 친구를 극진하게 대접했습니다. 실컷 먹고 마신 거지 친구는 깊은 잠에 빠졌습니다. 부자 친구는 급한 약속이 생겨 외출 준비를 하다가 잠든 거지 친구를 보고는 더 이상 거지 친구가 구걸하지 않고 살 수 있도록 금은보석을 주기로 마음 먹었습니다. 혹시라도 거지 친구가 술에 취해서 보석을 잃어버릴지도 모른다는 염려로 보석을 넣은 주머니를 바느질로 꿰매 주기까지 했습니다.

다음날, 술에서 깬 거지 친구는 이 사실을 모른 채 부자 친구

집에서 나와 또다시 구걸을 시작했습니다. 세월이 한참 흐른 뒤 두 사람은 다시 만나게 되었습니다. 여전히 구걸하고 있는 친구를 본 부자 친구는 답답해서 물었습니다.

"내가 많은 보석을 주었는데 어찌 계속해서 구걸하며 살고 있니?"

그제야 주머니를 뒤져 보석이 들어 있음을 확인한 거지 친구는 깜짝 놀랐습니다. 우리는 모두 안주머니 깊숙이 보물을 가지고 있습니다. 보물이 들어 있음을 모르는 것은 정작 자신입니다. 나라는 존재를 내려놓지 못하면 아무것도 내 마음의 중심에 들어오지 못합니다.

탐욕과 욕망으로 가득 찬 나를 내려놓고 아상에서 벗어나는 행위야말로 수행자가 진리를 깨닫고 부처가 되고자 하는 큰 목적일 것입니다.

자장의 화엄사상이란 우주의 모든 사물은 어느 것 하나도 혼자가 아니고, 모두가 끝없는 시간과 공간 속에서 서로가 서로의 원인이 되어, 하나로 융합하고 대립을 초월한다는 개념을 바탕에 두고 있습니다. 모든 사물이 제각각 한계를 지나면서 대립하고 차별적인 현상의 세계를 사법계라 하고, 평등한 본체의 세계를 이법계라고 합니다.

화엄사상은 우리 불교사상의 한 전통으로 정립되었습니다. 자장율사는 계율을 엄격하게 정비하여 신라 불교계를 정리했습니다. 삼국유사에 의하면 자장은 자신의 집을 절로 만들고 그곳에서 화엄경을 강의하는 등 포교 활동을 활발히 펼쳤습니다. 당나라 유학 시절에도 자장율사의 화엄사상은 당 태종을 크게 매료시켰다고 전해집니다.

특히 자장율사가 창건한 통도사는 매년 화엄산림을 봉행해오고 있습니다. 대립과 갈등을 지양하고 화합과 존중을 내세우는 화엄사상의 전통을 이어가기 위함이고, 화엄의 사상을 구체화하여 다양한 포교 활동을 통해 한국 불교의 꽃을 피워나가려는 노력이라고 합니다.

우리 안에는 우주가 들어 있습니다.
우리는 이미 우리가 바라는 모든 존재이며,
지금 그 자체로도 충분히 경이로우며 기적입니다.

2부 깨달음의 소리, 아리랑

참나를 찾는 아리랑

모든 소리는 언어입니다. 문자화되지 않거나 언어화되지 않은 소리 역시 소통의 언어라는 사실은 변하지 않습니다. 흥겨운 소리든 슬픈 소리든, 상대를 향해 부르든 혼자 부르든 결국 자신의 언어를 토해내는 것입니다.

필자는 정선에서 그 소리가 얼마나 많은 언어의 표현이고 문자인지 새삼 깨닫게 되었습니다. 정선아리랑을 만나 소리의 근원이 무엇이고 무엇이 나를 아리랑의 심원으로 빠지게 한 것인지 몰두하게 되면서, 아리랑은 결국 나를 찾아가는 구원과도 같은 소리임을 알았습니다.

정선아리랑은 다른 지역 아리랑보다 구슬프면서도 해학적입니다. 굽이굽이 강원도의 산을 휘돌며 서린 삶의 애환을 소리로 승화시킨 가락이라 할 수 있습니다. 아리랑 한 가락으로 티끌 같은 우리 생이 얼마나 강하고 아름다운지 알 수 있고, 아리랑 한 소절이 뿜어내는 소리는 하늘과 땅과 사람의 소중하면서도 애틋한 인연을 생각하게 합니다.

물길을 따라 흐르듯 아리랑 가락이 가리왕산 자락을 타는 날이면, 필자는 조용히 명상에 잠깁니다.

살아가다 보면 자신의 의지와는 상관없이 피할 수 없는 상황들과 부딪치게 됩니다.

세상이 변화를 따르라고 요구하거나 강요하는 경우가 생기는 것입니다. 그럴 때, 우리는 그 상황에 능숙하게 대처해야만 합니다. 두려워하거나 상처받지 않고 당당하게 대처하려면 마음이 건강해야 합니다.

마음이란 존재를 말합니다. 내 존재를 똑바로 알아야만 지혜롭고 현명한 방법으로 세상을 살아갈 수 있습니다. 자신을 찾지 못한 사람은 항상 세상을 바라보게 되고 문제도 세상 안에서 찾으려고 합니다. 그러나 자신에 대해 제대로 아는 사람은 문제의 답을 세상에서 찾지 않고 자신 안에서 찾습니다. 그래야만 상처를 받지 않고 단단해지기 때문입니다.

하지만, 참나를 찾는 일은 결코 쉬운 일이 아닙니다. 각자 자신한테 맞는 방법들이 있지만, 필자의 경우는 명상을 통해 나 자신을 찾게 되었습니다. 세상이 만든 기준이 아니라 내가 만든 기준에서 출발하면, 나 스스로 모든 걸 결정하고 판단할 수 있는 힘이 생깁니다. 마음이 종잡을 수 없이 어수선하거나 자신이 좋아하는 무언가에 몰두하고 오로지 그것에만 초점을 맞추면 마음이 차츰 가라앉으며 고요해집니다. 따라서 나에게 집중하는 시간과 마음 닦음은 나를 찾아가는 첫 번째 과정이라고 할 수 있습니다.

정선아리랑 한 소절이면 참나를 찾기에 충분합니다. 나를 찾아 떠나는 여행에 아리랑을 담아 고이 품으면, 내 안의 소리가 저절로 울릴 것입니다.

삶은 유한하지만,
인생의 가치는 끝없이 무한합니다.

매일 꽃밭에 물을 주듯이
내 인생의 꽃밭도 소중하게 가꾸어 보세요.
당신과 함께하는 이 모든 순간이 소중해집니다.

천년의 소리 정선아리랑

정선아리랑을 듣고 있으면 급하지 않고 느릿느릿 들려오는 구성진 가락과 애달픈 가사에 마음을 빼앗기게 됩니다. 밭을 매다 부르고, 고개를 넘으며 부르고, 뗏목을 타며 부르던 서민들의 가락이 그대로 정선아리랑에 녹아들어 있기 때문입니다.

정선의 자연과 정서를 쏙 빼닮은 정선아리랑은 남녀 간 사랑과 그리움, 남편에 대한 원망, 고된 농사일, 떼꾼의 고단함 등 삶의 희로애락을 꾸밈없이 가사에 담고 있습니다. 누군가의 마음을 그대로 쏟아놓은 듯한 구구절한 가사는 어느새 아리랑에 취해 어깨춤을 들썩이게 만듭니다. 그러다 보면 세상사 온갖 시름과 땅 꺼지는 한숨도 정선아리랑의 구성진 가락에 취해 웃음으로 이겨내는 지혜를 얻게 됩니다.

정선아리랑을 이해하려면 '떼꾼'들의 이야기를 빼놓을 수 없습니다. 두메산골 오지 중의 오지였던 정선의 '아라리'라는 가락은 '떼꾼'들이 있었기에 전국으로 퍼져나갈 수 있었습니다. 도로와 운송 수단이 발달하지 못했던 시대에 육로보다는 수상으로 물자를 운반하는 것이 훨씬 더 유리했고, 그 중심에 뗏목이 있었기 때문입니다.

조선 건국 초기에는 엄청난 물량의 원목이 뗏목으로 수송되면서 한강은 목재를 운송하는 물길로 크게 활성화되었습니다.

이후 조선 말기에 이르러서는 흥선대원군이 경복궁을 중수하면서 한강 상류인 태백과 정선에서 베어낸 소나무들의 수송 물량이 크게 늘어나게 되었는데, 이즈음 떼꾼들은 최고의 전성기를 맞이하게 되었습니다.

굽이굽이 동강 위의 뗏목길은 평창, 정선, 영월을 거쳐 한양까지 천리에 이르는 위험천만한 여정이었습니다. 아무리 노련한 떼꾼이라도 강줄기 위의 뗏목을 타고 거센 여울을 아슬아슬하게 통과하며 목재를 운반하는 일이 여간 고되지 않을 수 없었습니다. 자칫 잘못했다간 험한 강줄기에 목숨을 잃고 처자식을 눈물짓게 만들 수도 있었습니다.

하지만 산촌 오지마을에서 큰돈을 벌 수 있는 유일한 기회였기에 떼꾼들은 목숨을 담보로 강줄기에 오를 수밖에 없었습니다.

당시 떼꾼들이 정선에서 뗏목을 타고 서울을 한 번 다녀오면 소 한 마리를 살 수 있었는데, 그래서 '떼돈'이라는 말이 생겨났고 동강 주변에는 떼꾼들의 돈을 노리는 객줏집이 늘 성황을 이뤘다고 합니다.

떼꾼들은 고된 하루를 마칠 때면 '아라리'를 부르며 고향에 대한 그리움을 이겨냈습니다. 특히 한강의 최상류 지점인 정선 아우라지는 강원도 일대에서 벌목한 목재가 물길을 따라 한양까지 운반되던 출발점이었습니다. 그래서 이곳에는 전국에서 몰려든 떼꾼들의 아리랑 소리가 끊이지 않았고, 결국 강원도에서만 볼 수 있는 독특한 아리랑을 만들어내게 되었습니다.

눈이 올라나 비가 올라나 억수장마 질라나

만수산 검은 구름이 막 모여든다.

아리랑, 아리랑 아라리요.

아리랑 고개로 나를 넘겨주게.

2018년 평창동계올림픽 개회식에서 세계인이 지켜보는 가운데 울려퍼지던 정선아리랑의 한 가락입니다. 필자는 이날 정선아리랑이 전해주던 뭉클한 감동을 아직도 잊을 수 없습니다. 세계인 앞에서 천년의 소리, 정선아리랑의 가치를 인정받은 날이자 그 가능성을 확인할 수 있었기 때문입니다. 그 옛날 자장에게 갈반지를 찾게 했던 문수보살의 예언이 올림픽이라는 영광을 개최하게 했다는 생각도 듭니다.

논리로 설명하기는 어렵지만, 문수보살이 예언한 세 갈래의 칡넝쿨이 마치 올림픽이 열린던 세 갈래의 활강장과 오버랩되면서 이 또한 우연이라고 설명할 수 없는 신기함이 듭니다. 혹여 가리왕산에 문수보살의 예견이 깃들어 있는 것은 아닌지, 세월을 거슬러 깨달음을 찾는 구도자들에게 메시지를 전하고

있는 것은 아닌지, 필자는 이러한 기이한 우연의 의미를 자꾸 되새기게 됩니다.

정선아리랑은 한이자 흥이기도 하고 우리 고유의 빼어난 문화이기도 합니다. 우리 가락이 세계인의 사랑을 받고 있는 만큼 정선아리랑의 가치가 정선을 넘어 세계인의 소리로 빛나길 바라봅니다.

하나의 물길이 굽이굽이
여러 갈래의 물길과 합쳐져 큰 강물이 되듯,
우리 인생도 혼자일 때보다
나와 당신, 우리가 만나야 더 풍요로워질 수 있습니다.

깨달음의 고장, 정선의 정신문화

정선은 태백산맥 가운데에 위치합니다. 동쪽으로는 중봉산, 문래산이 있고, 서쪽으로는 가리왕산, 청옥산이 있습니다. 또 남쪽으로는 예미산, 노추산, 석병산, 박지산이 둘러싸고 있으며, 가운데는 민둔산, 고양산 등 사방에 일천 미터가 넘는 산들이 첩첩으로 정선을 둘러싸고 있습니다.

이런 수려한 산들이 만들어내는 물줄기가 모여 남한강으로 흐르고 다시 북동쪽에서 남서향으로 흘러 영월로 갑니다. 정선은 이처럼 첩첩의 산과 그 산들에서 발원하는 물줄기로 강원도의 시원始元이라고 해도 과언이 아닙니다.

시원이란 모든 만물의 시작점이요, 근원이라고 할 수 있습니다. 정선을 깨달음의 고장이라고 부르는 이유도 강원도의 태초라고 할 수 있는 모든 조건이 갖춰져 있기 때문입니다.

물론, 지금의 정선은 예전과 많이 달라졌습니다. 도로가 뚫리고 사람들이 유입되기 시작하면서 향토 고유의 문화는 많이 퇴색되었습니다. 그러나 정선이 품고 있는 태고와 시원의 정신문화는 조금도 훼손되지 않은 채 잘 유지되고 있습니다. 그것은 정선이 태초부터 가지고 있는 가치가 그대로 전해지고 있기 때문일 것입니다.

필자는 그 가치를 '깨달음의 정신'이라고 말하고 싶습니다. 가리왕산에는 자장을 비롯한 수많은 선승이 닦아 놓은 깨달음의 순례처가 곳곳에 남아 있습니다. 부처가 인욕선인이던 시절 잔인한 가리왕에게 사지를 절단 당했던 설화도 전해집니다. 가리왕산이란 이름의 유래에서조차 깨달음에 대한 설화가 전해지는 것을 보면, 가리왕산의 생김처럼 몸을 낮추고 겸손하게 살아야 어리석음에 빠지지 않는 모양입니다. 특히 적멸보궁이 있는 정암사는 인간의 어리석음과 깨달음의 지혜를 증명하는 자장의 분신 같은 곳입니다. 진리를 찾아 부처가 되고자 했던 자장의 반야般若는 욕망과 아상에 사로잡혀 사는 사람들의 눈을 뜨게 합니다. 정선은 지형만으로도 자신을 혹독하게 다스리지 않으면 견디기 힘든 곳입니다. 자연의 능력을 극복하는 자만이 얻을 수 있는 지혜와 깨달음을 시험하게 하는 곳이기도 합니다.

아리랑을 흔히 한의 노래로 해석하지만, 또 다른 의미에서 보면 '참나를 깨닫는 기쁨'에 대한 노래이기도 합니다. 아我는

태양과 같이 밝은 나, 또는 참나를 뜻하고, 리理는 이치와 원리, 법을 뜻합니다. 랑浪은 즐거움을 뜻합니다. 한마디로 아리랑의 진짜 의미는 '참나를 깨닫는 즐거움'입니다. 필자는 아리랑의 고장 정선에 가든을 만들기 시작하면서부터 깨달음에 대해 늘 생각했습니다. 이곳에 터를 내리게 된 것도 정선과 가리왕산이 품고 있는 기운과 지혜가 어떤 인연의 고리가 되어 이끌었기 때문입니다.

검독수리봉 : 남평뜰을 향하고 있는 검은 능선은 마치 비상하려는 독수리 형상을 하고 있다.

검독수리봉

백석폭포에서 로미지안가든을 바라보면 검은 능선이 보입니다. 그 능선은 날개를 힘껏 펼치고 남평뜰을 향해 비상하려는 한 마리 검은 독수리 형상을 하고 있습니다.

'검독수리봉'이라고도 불리는 이 봉우리에는 재미있는 이야기가 전해지고 있습니다. 남평뜰에는 큰 연못이 하나 있었는데, 그 연못에는 독룡이 살고 있어 검독수리가 날지 못한다는 이야기였습니다. 마을의 앞날을 걱정했던 사람들은 이러한 전설을 흘려들을 수 없었습니다. 마을 이장과 어른들은 많은 논의 끝에 연못을 메웠습니다. 그러자 몸을 움츠렸던 검독수리는 날개를 활짝 펼칠 수 있게 되었고, 밤이 되면 검독수리가 힘차게 날갯짓을 하며 날아오르는 소리가 온

백석폭포와 로미지안가든 : 폭포에서 가든으로 향하다 보면 보이는 검은 능선이 검독수리봉이다.

마을에 울려 퍼졌습니다.

음지의 기운이 양지의 기운으로 바뀐 걸일까, 마을은 이제 풍요로운 곳으로 변하게 되었습니다. 사람들은 모든 것이 검독수리의 비상이 가져온 행운 덕분이라고 생각했습니다. 검독수리봉은 로미지안가든이 자리 잡은 가리왕산 화봉에 위치하고 있습니다.

3부

깨달음의 사찰, 정암사

적멸보궁이 있는 정암사

정암사는 나를 다스리고 나를 찾아야 하는 이들에게 더없이 좋은 사찰입니다. "세속의 티끌이 끊어져 정결하니, 정암사라 하노라."라고 하였듯이 천년 고찰의 이름은 세속과 인연을 끊고 정결하게 이곳에서 수행하라는 뜻을 담고 있습니다.

사찰의 깊고 고즈넉한 풍경도 좋지만, 일주문을 들어서는 순간 세상사에 찌들어 어두웠던 눈과 마음이 밝아지는 걸 느낄 수 있습니다. 소박하면서도 정갈하고 순수한 아름다움을 간직하고 있는 천년고찰 정암사의 가장 큰 정신은 밖으로만 열려 있던 나를 버리고, 태초의 나를 찾아 고요해지는 것입니다. 무엇을 배우고 찾고자 함이 아니라, 나로 돌아가는 데 필요한 시간을 선물 받을 수 있는 곳입니다.

정암사는 정선군 고한읍 고한리에 있습니다. 앞에서도 언급했지만, 정암사는 신라의 승려 자장율사가 창건한 사찰입니다. 오대산 월정사의 말사로 5대 적멸보궁 중 한 곳입니다. 정선하면 떠오르는 사찰일 만큼 정암사는 부처님의 가르침과 부처가 되고자 했던 자장율사의 깨달음을 상징처럼 품고 있는 곳입니다.

정암사에는 대웅전이 없고 적멸보궁이 있습니다. 적멸보궁은 '부처님이 열반에 들어 항상 머물러 계시는 궁전'이라는 의미로, 수미단에는 불상이 없고 방석만 있습니다. 그 이유는 부처님의 진신사리를 모셨기 때문에, 부처의 진짜 몸을 모시고 있으니 따로 상을 만들 필요가 없는 것입니다.

그래서 정암사는 수행자들 사이에서는 깨달음을 일깨워주는 기도처로 인식되어 왔고, 다른 사찰에서 느낄 수 없는 정갈한 기운 탓에 순례자들의 발길이 끊이지 않고 있는 것인지도 모르겠습니다.

정암사에는 자장율사를 일깨우려던 문수보살의 마지막 가르침이 깃들어 있습니다. 문수보살의 말씀대로 갈반지를 찾으러 태백산으로 간 자장율사는 큰 구렁이가 똬리를 틀고 있는 것을 발견하고는, 그곳이 갈반지라고 확신해 정암사를 세웁니다. 그리고 문수보살이 나타나기를 기다리며 수행을 합니다. 그러던 어느 날, 늙은 거사가 삼태기에 죽은 개를 담아 가지고 와서는 자장을 만나자고 청했습니다.

그러나 자장은 늙은 거사를 미친 사람으로 생각해 만나기를 거부하였습니다. 거사는 자장에게 “아상을 가진 자가 어찌 나를 알아보겠는가.”라는 말을 남기고는 사자로 변한 죽은 개를 타고 하늘로 사라져 버립니다.

뒤늦게 늙은 거사가 문수보살임을 알아챈 자장은 사라진 문수보살을 황급히 쫓아가지만, 문수보살이 사자를 타고 사라진 하늘은 텅 비어있을 뿐이었습니다.

이 설화에서는 문수보살을 쫓던 자장이 그 자리에서 쓰러져 죽었고, 이후 자장의 시신을 수습해 석혈에 안치했다고 전해집니다. 창건 설화만 분분한 정암사 일주문 앞에 서면, 자장율사에 대한 또 다른 설화를 상상하게 합니다.

자장율사는 필시 친견하지 못한 문수보살을 쉽게 보내지 못했을 것입니다. 정암사에서 자신의 어리석음으로 알아보지 못한 문수보살을 다시 만나고자 참회를 하듯 순례를 하며 강원도의 산 이곳저곳을 걸었을 것입니다. 또 다른 설화에서 자장율사는 지나온 삶을 되돌아보며 깊은 회한에 잠겨 상정봉에서 이슬처럼, 구름처럼 스러졌다고도 전합니다.

그가 입적하기까지의 과정을 설화 이상으로 이야기하고 싶은 필자의 속내는, 배우고 깨우쳐 다스려야 할 인간의 욕망 때문입니다.

진리를 깨우쳐 부처가 되고자 했던 자장율사의 고행과 수행이 곧 우리의 삶이라는 거부할 수 없는 생으로 이어지고 있음을 부인할 수 없는 까닭입니다.

삶은 곧 배움이고 깨달음이라고 합니다.
배움으로 얻는 깨달음은 열망이 아닌 어떤 경지입니다.

아상에서 벗어나다, 수마노탑

1984년 강원도 문화재로 지정된 정암사, 석가모니불의 사리가 봉안된 수마노탑에는 선덕여왕이 자장율사에게 하사한 '금란가사'가 보관되어 있다고도 전해집니다. 이 탑은 자장율사가 선덕여왕 12년 당나라 유학을 마치고 돌아올 때, 자장율사의 신심에 감화한 서해 용왕이 선물한 마노석瑪瑙石으로 지었다고 해서 마노탑이라 불렸다고 합니다. 그리고 이 마노석은 배를 타고 물길을 따라 들여왔다고 해서, 물수水자를 붙여 수마노탑이라는 이름을 얻게 되었습니다.

수마노탑은 2020년 국보로 지정되었으며, 높이가 9m로 정암사 적멸보궁 뒤쪽에 자리하고 있습니다. 수마노탑에 오르려면 급경사를 이루고 있는 산비탈을 올라가야 합니다. 수마노탑은 산비탈에 축대를 쌓아 평평하게 만든 후 돌을 벽돌 모양으로 다듬어 쌓은 모전 석탑입니다.

수마노탑에 오르기 위해서는 약간의 긴장감을 가져야 합니다. 열목어가 사는 계곡물소리가 산사의 풍경을 더해 가슴이 서늘해집니다. 마치 나를 찾아가는 마지막 단계인 양 급경사의 계단을 한번 올려다보고는 숨을 가다듬어야 합니다. 특히 한여름 수마노탑에 오르려면 흐르는 땀까지 거두어야 하니, 만만치 않은 고행이 될 것입니다.

돌 틈 사이를 비집고 자라는 잡초와 이끼가 탑의 지난 역사를 느끼게 합니다. 그리 화려하지 않은 돌탑이건만 볼수록 고색창연한 자태에 저절로 마음이 경건해지면서 탑 주변을 맴돌게 됩니다.

수마노탑에서 내려다본 정암사는 낮고 고요하고 평화롭습니다. 탑에 달린 풍경이 그간의 괴로움을 내려놓으라는 듯 마음을 가만가만 위로해 줍니다. 저 산 아래서 가져온 고뇌는 모두 내려놓고 가볍게 내려가라고 하는 듯, 지천으로 핀 불두화와 이름 모를 꽃들이 잔잔한 평화를 느끼게 합니다.

선장단의 비밀

이제 천년의 시간이 흐르고 있는 계곡을 건널 수 있는 극락교를 건너면 다시 적멸보궁으로 갈 수 있습니다. 다리를 건너면 먼저 1300년 전 자장율사가 짚고 다녔다는 지팡이의 화신인 주장자를 만날 수 있습니다.

적멸보궁 입구 석단에 있는 '선장단'이란 고목은 자장율사가 짚고 다니던 지팡이를 심은 것이라고 합니다. 신기한 것은 그 고목이 수백 년이 지났음에도 여전히 고목으로 또는 살아있는 나무로 존재한다는 사실입니다. 텅 비어있는 마른 가지 속에서 새로운 생명이 잎을 피우고 있다는 사실이 믿기지 않지만, 나무는 분명히 살아있고 죽어있기도 합니다.

어쩌면 살아간다는 것의 무의미를 생명과 죽음으로 표현하고 있는 것인지도 모릅니다. 저마다의 느낌은 다르겠지만, 결국 생과 사는 다르지 않다는 것을, 순간과 영원의 차이가 크지 않다는 것을, 나무가 몸소 보여주고 있습니다.

필자는 나무 틈 사이에 놓인 부처를 눈에 담고 조용히 발길을 돌립니다.

삶과 죽음은 정 반대편에 있는 것이 아니라
한 수평선에 위에 놓여 있습니다.

어리석은 자에게 보이지 않는 보탑

자장율사에 관한 정암사의 설화 중 또 하나는 중생의 욕심을 걱정한 '보탑' 이야기입니다. 사적에 의하면, 태백산에 삼봉이 있었다고 합니다. 동쪽으로는 천의봉, 남쪽으로는 은탑봉, 북쪽으로는 금탑봉이 있었고, 그 가운데로 세 개의 탑이 있었으니 첫째는 금탑, 둘째는 은탑, 셋째는 마노탑입니다. 그런데, 금탑과 은탑은 태백산 삼봉에 숨어 보이지 않고, 마노탑만 나타나 지금까지 전해진다는 설화가 있습니다.

금탑과 은탑은 자장율사가 중생들의 욕심을 걱정하여 세인들의 눈에 띄지 않도록 하였다고 합니다. 어리석은 중생들을 깨우치고자 탑에 의미를 달리 한 것 같습니다.

무릇 부처의 마음이란 없는 실체에 대한 집착을 버리고 무상을 자각하는 일입니다.

자장율사의 깊은 뜻이 지금까지 전해진 것인지, 필자의 눈에도 금탑과 은탑은 보이지 않았습니다. 다만, 수마노탑이 말하는 자장율사의 뜻은 충분히 이해할 수 있을 것 같습니다. 이처럼 정암사는 많은 설화와 이야기를 품고 있습니다.

어린 찻잎 하나가 나를 가르칩니다.
어리석음에 사로잡혀 있는 나를 알아차리고
지혜롭고 긍정적인 나로 거듭나게 합니다.

4부

설화로 읽는 정선의 문화유산

정선향교 : 정선군 정선읍 봉양리에 있는 조선 시대 향교.

정선향교

정선향교는 정선읍 봉양7리에 있는 조선 시대 향교입니다. 향교는 원래 정선읍 삼봉산 아래 있었으나 1605년(선조 38년) 대홍수로 유실되면서 향교를 이건했다고 합니다.

정선향교의 창건 연대와 창건자는 전하고 있지 않습니다.

다만, 성균관사로 보아 약 900여 년 전에 본 향교가 창설되었다고 보는 설이 유력합니다. 임진왜란 병화와 선조 38년 7월 20일에 뽕나무밭이 푸른 바다로 변하는 대홍수로 삼봉산이 떠내려가게 되면서 향교에 있던 모든 문헌이 유실되어 고증할 방법이 없게 되었습니다.

전하는 이야기에 따르면 1611년(광해군 3년) 강원도 감사 신제가 민정 순찰 차 평창군을 순시하다가 정선군의 향교가 중건되지 않음을 듣고는, 읍사를 문책하고 곤장 80대의 엄벌을 주었다고 합니다. 하여 군수 한여징이 북면 화천사(꽃벼루)에서 나무를 벌채하여 향교를 삼봉산에 짓기 시작했습니다. 그러나 향교를 지을 당시 밤마다 호랑이가 나타나 소동을 부리며 울었다고 합니다. 신기가 불길함을 느낀 지사는 제를 올려 호랑이를 잠재웠다고 합니다.

건물의 배치는 대성전 앞 양쪽에 각각 동무와 서무가 있습니다. 대성전 앞면에는 강당인 명륜당이 있고, 명륜당 앞 양쪽에는 학생들의 기숙사인 동재, 서재가 있습니다. 대성전에는 공자를 비롯하여 중국과 우리나라 성현의 위패를 모시고 있습니다. 조선 시대에는 나라에서 토지와 노비, 책 등을 지원받아 학생을 가르쳤으나, 지금은 제사만 지내고 있습니다.

숙암: 가리왕산을 휘감고 돌아가는 오대천 하류에 펼쳐진 숙암 계곡.

숙암

숙암리는 상원산과 가리왕산 사이, 오대천이 흐르는 높고 깊은 계곡에 위치한 마을입니다. 이곳에는 숙암이라는 계곡이 있습니다.

숙암은 잠을 잘 수 있는 바위를 말합니다. 옛날 어느 원님이 정선의 깊은 산골을 지나게 되었는데, 첩첩산중이라 하룻밤을 묵어갈 민가조차 없어 바위에서 노숙을 했다는 데서 그 이름이 유래되었다고 합니다.

인가가 드물었던 예전 사람들은 절벽이나 바위에서 주로 노숙을 하였습니다. 요즘 말로 바위나 동굴 속에서 숙박한 것입니다. 정선 곳곳에 '숙암'이라고 크게 써 놓은 바위가 있었다고 전해지는 것을 보면, 정선과 평창으로 이어지는 산이 얼마나 깊고 험했는지 알 수 있습니다.

지금은 정선 나전과 평창 진부를 연결하는 도로가 오대천 철쭉 계곡을 따라 상원산과 가리왕산 등으로 연결됩니다. 깊은 계곡과 맑은 물은 천혜의 자연 관광지로 인기를 끌며 정선의 문화유산 역할을 톡톡히 합니다. 자연과 사람이 공존할 수밖에 없는 이치를 정선은 유형과 무형의 유산으로 이를 증명합니다.

이 글에 담지 못한 정선의 이야기는 다른 누군가에 의해서 잊히지 않고 전해질 것입니다. 필자는 그 뿌리가 전해지고 전해져 오늘을 살아가는 우리에게 큰 정신문화로 이어지길 기대합니다.

백전리 물레방아: 물레방아는 산간마을의 공동체 생활을 보여 주는 중요한 생활도구다.

백전리 물레방아

1900년대에 만들어진 화암면 백전리 물레방아는 우리나라에 남아 있는 것 중 가장 오래된 것으로, 원형이 잘 보존돼 강원도 민속자료 제6호로 지정돼 있습니다. 처음에는 6개의 물레방아가 있었다고 전해지나 현재는 이 방아만 남아있습니다.

백전리는 작은 하천을 사이에 두고 삼척시 하장면 한소리와 맞닿아 있습니다. 하천을 따라 이어지는 길의 한쪽은 백전리, 다른 한쪽은 한소리입니다. 그 길을 따라 계속 올라가다 보면 물레방아가 나타납니다.

물이 잠시 고였다 떨어지는 구유가 56개로 구성되어 있으며, 물레는 지름 250㎝, 폭 67㎝의 크기로 50m쯤 떨어져 있는 보에서 물을 끌어 사용하고 있습니다. 보의 위쪽으로는 지하수가 솟아 나오는 곳이 있어 풍부한 물을 공급받을 수 있는 좋은 조건을 갖추고 있습니다.

아리랑의 고장으로 알려진 정선에는 물레방아가 많습니다. 남한강 최상류 지역으로 수량이 풍부하고 물의 흐름이 좋아 물레방아는 오래전부터 정선 산간지역 화전민들의 애환이 담긴 생활도구였기 때문입니다.

산비탈 아래 물레방아와 물레방앗간이 나란히 서 있는 모습은 빛바랜 풍경 사진 같습니다. 물레방아를 보고 있노라면 삶의 애환을 물레방아에 비유한 정선아리랑의 한구절이 들려올 것 같습니다.

고성리 산성: 정선군 신동읍에 있는 삼국 시대의 산성.

고성리 산성

정선에서 가장 오래된 산성인 고성리 산성은 신동읍 고성리 고성산 정상 부분에 축조된 테뫼식 산성입니다. 이곳은 정선에서 영월로 흐르는 동강 근처에 있으며 영월군 영월읍 문산리와 평창군 미탄면 마하리의 경계지점으로, 남한강을 통제하는 산성이었습니다. 고성리 산성이 언제 축성되었는지는 자세한 기록이 없어 알 수 없지만, 『신증동국여지승람』에 '정선군의 동쪽 5리에 돌로 쌓은 성이 있는데, 둘레가 782척, 높이가 8척이며 성안에 절반이 무너진 성황사가 있다'는 기록이 있습니다.

고성리 산성은 고구려가 남하하며 신라를 견제하기 위하여 이곳에 산성을 쌓았다고 하나 출토유물로 볼 때 삼국 시대 신라와 관련이 있는 산성으로 추정됩니다. 그러나 청동기 시대의 유물이 출토되기도 하여 이 또한 정확치 않습니다. 누가 언제 쌓은 것인지 더 이상의 이야기를 알 수 없지만, 높지 않은 산자락에서 동강의 물길을 내려다보고 있노라면, 주변 풍광의 아름다움에 마음을 빼앗기게 됩니다.

고성리 산성 건너편 백운산 자락에는 '칠족령'이라는 동강의 아름다운 경치를 감상할 수 있는 곳 있는데, 이곳에는 재미있는 이야기가 전해오고 있습니다. 산성 아랫마을인 제장 마을에 옻칠로 먹고 사는 선비가 있었는데, 집에 개를 키우고 있었다고 합니다. 어느 날, 개가 발에 옻칠을 묻히고 산을 올라가자 선비가 그 발자국을 따라갔는데, 멋진 동강의 경치를 보고 그 고갯길을 칠족령이라 부르기 시작했다고 합니다.

애산리 산성: 정선읍 애산리에 있는 산성. 신라 말에서 고려 초에 축조된 것으로 추정된다.

애산리 산성

애산리 산성은 정선군 정선읍 애산 1리에 있습니다. 둘레가 약 360m, 높이 2.4m, 폭 3.6m의 타원형이었으나 지금은 길이 3m, 높이 2.3m 정도의 두 곳만 남아 있고 나머지는 허물어져 흔적만 희미하게 남아 있습니다.

애산리 산성의 축조 연대는 신라 또는 고구려 때로 추측합니다. 성으로 올라가면 북으로 덕송리 반점 고개가 보이고 서쪽으로는 정선읍 일대가 보입니다. 동남쪽으로는 신월리 일대가 한눈에 들어오고, 지형이 불룩하게 튀어나온 형상이라 삼면이 난공불락의 험준한 석벽으로 되어 있습니다. 성의 후면은 사람과 말이 겨우 지나갈 수 있을 정도로 좁아 그야말로 천연의 요새라고 할 수 있습니다.

이 산성에는 옛날에 샘물이 있었다고 전해집니다. 근처 암자를 지키고 있던 노파가 하루는 꿈을 꾸었는데, 황새 한 마리가 맞은편에 있는 기우산으로 날아가 앉았다고 합니다. 이상하게 여긴 노파는 기우산으로 가 황새가 앉았던 자리를 살펴보니 샘물이 솟아나고 있었습니다. 전에 없던 샘이 솟아나니 노파는 그곳이 길지임을 장담했다고 전해집니다.

이자 선생과 구미정: 조선 숙종 때 문신인 이자가 정선에 내려와 은거하던 중 지었다.

이자 선생과 구미정

임계면 봉산리 남한강 상류인 임계천변에 소재해 있는 구미정은 이조 숙종 때 사정공조참의를 지낸 이자 선생이 머물던 곳입니다. 당시 노론파로 사색 당과의 싸움에 실망과 회의를 느낀 이자는 관직을 사직하고 정선으로 내려와 은거했습니다.

이자는 마당 앞에다 선조의 호를 딴 수고당을 지었고, 그곳에서 문집 편찬으로 소일하며 지냈습니다.

이자는 임계천변에 구미정을 짓고 이곳에 나와 한시를 읊으며 피서와 풍류를 즐겼습니다. 구미정에 앉아 언덕 아래로 펼쳐진 아홉 가지 풍치를 감상했는데, 그 풍치가 어찌나 수려하고 아름다운지 시가 저절로 읊어졌다고 합니다.

아홉 가지 미를 소개하자면, 첫째는 어량으로 올라가려는 물고기를 잡기 위해 설치해 놓은 통발을 말합니다. 둘째는 전주로 밭두둑의 경치를 말합니다. 셋째 반서는 넓고 평평한 큰 돌을 보는 것이고, 넷째 층대는 층층이 된 절벽의 풍경을 말합니다. 다섯째 석지는 구미정 뒤편 반석 위에 생긴 작은 연못의 경치를, 여섯째 평암은 넓고 큰 바위를, 일곱째 등담은 정자에 등불을 밝혀 연못에 비치는 경치를, 여덟째 취벽은 구미정 앞 석벽 사이에 있는 쉼터의 경치를, 아홉 번째 열수는 구미정 주변 암벽에 줄지어 있는 듯 뚫려 있는 바위 구멍의 아름다움을 말합니다. 구미정의 풍광을 즐기며 세월을 낚았을 이자 선생의 풍월이 느껴집니다.

고적대: 동해시, 삼척시, 정선군의 분수령을 이루는 산으로 의상대사가 수행했다고 전해진다.

의상대사와 고석책대

고석책대는 신라 신무왕 때의 의상대사가 공부하기 위해서 만든 평평한 바위를 말합니다. 의상은 화엄종의 시조이며, 644년 선덕여왕 때 황복사에서 스님이 되었습니다.

의상의 화엄사상은 우주의 모든 만물이 하나로 융합하고 있음을 주장합니다. 문헌에는 자장율사와 원효대사가 화엄사상을 받아들여 연구한 것으로 나오지만, 체계적인 화엄 교학은 의상에 의해서 비롯되었다고 합니다. 의상은 태백산 기슭의 부석사를 중심으로 화엄 교학을 펼쳤으며, 많은 저서를 남겼습니다.

의상의 고석책대는 정선군 임계면 도전리에 남아 있습니다. 1968년 이곳 마을에 살던 한 농부가 청동 부처를 발견하면서 일대가 예전에 수도승의 암자가 있었다는 사실을 뒷받침해 준다고 합니다. 도전리 사람들은 의상의 고석책대를 일명 암자골 선바위라고도 부릅니다.

고적대는 동해시, 삼척시, 정선군의 분수령이 되는 봉우리로 의상대사가 수도했다는 전설이 전해지는 명산입니다. 깎아지는 듯한 기암절벽의 비경과 우뚝 솟은 고적대의 위용을 보고 있노라면, 자연 앞에 절로 고개를 조아리게 됩니다. 신라의 고승 의상대사도 이런 깨달음을 얻고자 몸을 구부려 땅을 짚고, 고개를 조아리며 험준한 고적대를 올랐을 것입니다.

삼굿놀이: 삼을 실로 짜내기 위해서 거치는 과정 중 삼찌기를 놀이로 풀어낸 것.

삼굿놀이

예로부터 정선은 삼의 고장이라 불릴 정도로 여러 마을에서 삼을 재배해왔으며, 정선의 삼베는 질이 좋기로 유명했습니다. 이른 봄에 심은 삼은 양력으로 8월 정도가 되면 수확을 하는데, 삼은 다 자라면 삼대만 2m가 넘을 정도로 크기가 큽니다.

삼대를 베어내서 곧바로 옷감을 만들 수가 없기 때문에 반드시 쪄야 하는데, 이 과정을 '삼굿'이라 합니다.

옛날에는 이러한 작업을 온 마을 주민이 함께 했습니다. 삼을 쪄내는 과정뿐 아니라 깨끗하게 씻어 말리는 과정 하나하나가 워낙 일손이 많이 가는 일이기도 하고, 삼을 쪄내기 위해서는 화덕을 마련해야 했는데 이를 개개인이 하기는 힘들었기 때문입니다.

정선군에서 전승되는 삼굿놀이는 삼을 실로 짜내기 위해서 거치는 노동집약적인 여러 과정 중 삼찌기를 놀이로 풀어낸 것입니다. 정선의 삼굿놀이는 정선문화원에서 고증을 통해 복원한 것으로, 8월 말이 되면 정선군 남면 유평리 주민들은 삼굿놀이 행사를 개최하며 정선의 고유한 문화유산을 보전하고, 그 전통을 이어나가고 있습니다.

삼굿은 온 마을 사람들이 화합을 다지고 고단한 삶을 극복하고자 했던, 정선의 중요한 전통문화 축제이며 놀이 문화였음을 알 수 있습니다.

상유재 고택과 뽕나무: 정선에서 가장 오래된 양반 가옥과 천연기념물로 지정된 봉양리 뽕나무.

상유재 고택과 뽕나무

상유재 고택은 정선군 정선읍 봉양리에 있는 양반 가옥으로, 2017년 '정선 고학규 가옥'에서 '정선 상유재 고택'으로 명칭이 바뀌었습니다. 이 고택의 시작은 조선 초기까지 거슬러 올라갑니다. 단종이 수양대군에게 왕위를 빼앗기고 폐위되자,

조선의 많은 선비들은 고향으로 돌아가 단종을 추모하고 권력의 덧없음을 슬퍼하며 세월을 보냈습니다. 제주고씨 14세손인 고순창(호조참판)도 역시 하늘의 도가 무너짐을 한탄하며 벼슬을 버리고 정선으로 낙향해 백성들과 어울려 살았다고 합니다. 그는 정선으로 내려와 집터를 정한 뒤 뽕나무 두 그루를 심고 집을 세웠다고 전해지는데, 그 집이 지금까지 이어져 내려와 현재는 34세손이 살고 있습니다.

상유재 고택 앞에 있는 두 그루의 뽕나무도 정선을 대표하는 문화유산입니다. 수령이 500년 이상으로 우리나라에 살아있는 뽕나무 가운데 가장 오래된 나무입니다. 크기나 생김새도 좋고 여전히 아름다워서 최고의 뽕나무라 불릴만합니다.

뽕나무는 아주 옛날부터 특별한 대접을 받던 나무입니다. 뽕잎은 비단 실을 뽑는 누에의 먹이가 되는 나무로, 양잠업을 위해 없어서는 안 될 중요한 존재입니다. 문헌을 통해 정선 지역의 뽕나무와 양잠에 대한 기록을 찾아볼 수 있는데, 고택 앞의 뽕나무는 그런 의미에서 역사적 가치가 매우 큰 나무입니다.

참고문헌

한국민족문화대백과사전, 위키백과, 강릉시청 홈페이지, 정선군 홈페이지, 공주 문화관광 홈페이지, 지역N문화
반야심경, 불교신문, 법보신문, 정선의 향사(정선군), 정선문화(2014, 정선문화원), 삶의 지혜(2018, 성안당)

이미지 출처

정선군, 한국관광공사, 문화재청, 정선향토박물관

가리왕산, 자장율사를 품은 깨달음의 순례처

1판 1쇄 인쇄 2022년 10월 29일
1판 1쇄 발행 2022년 11월 7일

지은이 손진익
그린이 한용욱

펴낸이 정용철 **편집인** 이경희, 김보현 **디자인** ⓒ단팥빵
제작 제이킴 **마케팅** 김창현 **홍보** 김한나
인쇄 (주)금강인쇄

펴낸곳 도서출판 북산
등록 제2013-000122호
주소 06197 서울시 강남구 역삼로 67길 20, 201호
전화 02-2267-7695 **팩스** 02-558-7695
홈페이지 www.glmachum.co.kr **이메일** glmachum@hanmail.net
블로그 blog.naver.com/e_booksan **페이스북** facebook.com/booksan25

ISBN 979-11-85769-62-2 03810